KB113484

변혁
1990

천지무천 장편소설

34

FUSION FANTASTIC STORY

변혁 1990 34권

천지무천 장편 소설

초판 1쇄 찍은 날 § 2018년 5월 25일
초판 1쇄 펴낸 날 § 2018년 6월 1일

지은이 § 천지무천
펴낸이 § 서경석

편집책임 § 김경민
편집 § 이종식

펴낸곳 § 도서출판 청어람
등록번호 § 제1081-1-89호
등록일자 § 1999. 5. 31
어람번호 § 제1-2909호

주소 § 경기도 부천시 부일로 483번길 40 서경B/D 3F (우) 14640
전화 § 032-656-4452 팩스 § 032-656-4453
http://www.chungeoram.com
E-mail § chungeorambook@daum.net

벼락
1990

천지무천 장편소설

34

FUSION FANTASTIC STORY

Contents

Chapter 1

대통령 선거가 끝난 후 모스크바로 향했다.

모스크바로 향하는 비행기 안에서 러시아의 상황을 보고 받았다.

한국이 심각한 경제 위기에 처해 있었지만, 러시아도 심 각한 상황으로 흘러가고 있었다.

러시아는 현재 조세체계 미비로 인한 재정적자 누적과 함께 단기부채 급증 등 경제 기반이 악화된 상황에서, 동아 시아 금융 위기가 도화선이 되어 경제 위기의 징조가 사방 에서 나타나고 있었다.

러시아는 재정적자를 보전하기 위한 통화 남발로 높은 인플레이션을 초래했고, 단기성 국채 발행으로 재정적자를 보전하는 정책을 펼쳤다.

"음, 단기성 국채를 너무 난발했어."

"예, 여기에 한국의 금융권에서 20억 달러어치의 러시아 국채를 시장에 내다 팔면서 채권시장이 더욱 악화되었습니다."

루슬린의 말처럼 한국의 종금사와 투자신탁에서 현금을 확보하기 위해 가지고 있던 러시아 국채를 헐값에 내다 팔았다.

그 판매 금액이 적지 않아 시장을 흔들어놓았다.

현재 러시아의 올해 재정적자는 GDP의 7% 수준으로, 국채의 만기가 도래하기 전에 또 다른 고금리 국채를 발행함으로써 국가 채무가 가중되고 있었다.

"경제개혁이 제대로 이루어지지 않으니까 더 높은 금리로 국채를 발행할 수밖에 없는 악순환이 계속되는 거야."

"이달 들어서 국제 원자재 가격 하락이 진행되고 있습니다. 여기에 구소련으로부터 승계한 채무에 대한 국채원리금 상환 부담이 외환 사정을 악화시키고 있습니다."

아시아 금융 위기로 인한 경기 침체가 보이기 시작하자 러시아의 경제도 흔들렸다.

러시아 수출의 70% 이상을 차지하는 원자재 가격이 내려가면서 무역수지 흑자가 급감했다.

또한 구소련에서 승계한 1,300억 달러의 채무에 대한 이자와 원리금 상환 부담이 러시아 경제의 큰 부담으로 작용하고 있었다.

"러시아 정부의 보유 외환이 얼마나 되지?"

"221억 달러 수준이지만 계속 떨어지고 있습니다."

11월에 231억 달러였지만 12월에 들어서자 10억 달러가 감소했다.

원자재 수출 감소와 함께 동남아시아와 한국 등의 위기로 인해, 이머징마켓(신흥 시장)에 대한 불신과 동시에 루블화 평가절하의 불안감이 커지자 외국인 투자자들이 러시아 시장을 이탈하고 있었다.

이로 인해 루블화 표시 단기 국채 수익률이 급등해 국채 원리금 상환 부담을 가중시켰다.

"음, 러시아도 예상보다 빨라. 러시아의 외환 위기가 앞당겨지면 한국도 회복하기 힘들어져."

한국과 러시아의 경제 위기가 시간적 차이를 두고서 진행되어야지만 감당할 수 있었다.

"정부에서는 소빈뱅크가 국채를 사주길 원하고 있습니다. 그와 함께 미국과 영국에 보관 중인 달러를 러시아로 가져오길 원하는 눈치입니다."

소빈뱅크가 가지고 있는 외화는 러시아 정부가 보유한 달러보다 많았다.

영국과 미국, 일본, 독일, 홍콩, 스위스, 한국, 남아프리카 공화국 등 소빈뱅크가 진출한 나라에 분산되어 보관 중이었다.

"정부가 소빈뱅크의 외화 보유액을 알고 있나?"

"알지 못합니다. 미국과 영국 등 각 나라에서 벌어들인 수익에 대해서는 알 수 없기 때문입니다. 러시아 내 수익에 대한 자료 또한 재무부에 제출하지 않습니다."

소빈뱅크 은행장인 이고르의 답변이었다.

소빈뱅크의 위상은 러시아중앙은행보다도 높았다.

러시아 국민들 대다수도 러시아중앙은행보다 소빈뱅크를 신뢰했고 신흥 재벌 대다수도 소빈뱅크를 이용했다.

룩오일NY와 소빈뱅크는 기회가 있을 때마다 법률을 개정하여 러시아 정부의 간섭과 감독을 벗어난 독립적인 은행이 되었다.

스위스의 비밀 계좌처럼 소빈뱅크의 특별 계좌는 예금주 이름 없이 문자와 숫자로만 이루어져 있다.

모든 거래가 계좌번호로만 이루어져 거래전표가 유출되어도 예금주가 드러나는 일이 없어 비밀이 보장된다. 더구나 다른 러시아 은행과 달리 전 세계 어느 곳에서도 돈을 찾을 수 있었다.

소빈뱅크는 러시아를 대표하는 은행이었지만 러시아를 벗어난 국제적인 투자은행으로 성장했다.

"모스크바에는 달러가 얼마나 있나?"

"소빈뱅크 자체적으로는 67억 달러입니다."

"음, 룩오일NY에는?"

"23억 7천만 달러입니다. 계열사들도 별도로 13억 달러를 소빈뱅크 특별 계좌에 보관 중입니다."

특별 계좌는 드러나지 않는 계좌였다.

이러한 특별 계좌는 옐친 대통령을 비롯한 러시아의 정치인과 신흥 재벌이 가지고 있었다.

오히려 이들의 외화재산을 풀어놓는 것이 러시아의 외환위기에 도움이 되었지만, 그 누구도 자신의 재산을 던질 위인은 없었다.

"음, 5억 달러 안에서 국채 매입을 검토하도록 하지. 안전장치를 마련하는 조건을 달고서 진행해."

러시아 내에서 사업을 지속하기 위해서는 어느 정도 러시아 정부의 요구 조건을 수용해야만 했다. 더구나 룩오일NY는 러시아 최대 거대 재벌로 성장했고 막대한 외화를 벌어들였다.

거기다 러시아의 사업에서도 독보적인 수익을 내고 있었다.

"예, 재무부와 이야기를 나누겠습니다."

러시아 국채시장은 내년 전반기까지는 버텨내야만 했다.

*   *   *

크리스마스이브 날인 24일, 한국의 외환시장은 비명을 질렀다.

외환거래 역사상 달러당 2천 원을 돌파했기 때문이다.

외환 전문가들의 예상을 뛰어넘은 원화 가치의 폭락은 세계적인 신용평가 회사인 무디스와 스탠더드 앤드 푸어스(S&P)가 한국 국가 신용 등급을 재조정한 직격탄을 맞았기 때문이다.

무디스는 65개국의 국가 신용도와 7만여 개의 기업 금융기관, 그리고 6만여 종의 유가증권신용을 평가한다.

S&P는 세계 거래채권 절반 이상의 신용 등급을 매긴다.

1백 년 역사를 자랑하는 두 신용평가회사의 평가는 바로 해외 투자가들의 의사결정 기준이었다.

무디스는 한 달 사이에 한국의 신용 등급을 무려 6단계나 낮추었고, 이번 달에도 국가신인도를 A3(7등급)에서 Baa2(9등급)로 두 단계 하향 조정했다.

무디스는 국가별 신용 등급이 21등급으로 나누어져 있다.

S&P는 한술 더 떠 2개월간 국가신용 등급을 전체 22등급 중 6등급에서 16등급(투기등급)로 급강등시켰다.

그 결과 산업은행이 추진해 온 20억 달러의 글로벌본드(국제 채권) 발행이 성사 직전에서 무산되었고, 금융기관의 해외 차입이 마비 상태에 빠져 외환 위기가 가중되었다.

이는 곧 한국 채권이 국제시장에서 사실상 정크본드(불량 채권) 수준으로 떨어진 것이다.

갑작스럽게 이루어진 이 같은 신용 등급 하향 조정에는 한국 대통령 당선인과 시장 개방에 압력을 가하려는 미국 당국과 국제 금융계 입김이 작용한 것으로 보였다.

"삼성전자의 주가가 오늘 하한가을 맞아 38,100원으로 떨어졌습니다. 앞으로 더 떨어질 수 있을 것 같습니다. 그리고 FRB(연방준비제도 이사회)에서 상업은행에 삼성전자의 대한 대출 평가를 기준 이하(sub―standard)로 분류하라는 압력을 넣고 있습니다. 한마디로 크레디트 라인(대출한도)을 줄이라는 요구입니다."

삼성그룹 이건희 회장의 분신으로 불리는 이혁수 비서실장의 말이었다.

상업은행은 삼성전자의 주거래 은행이었다.

"아주 우릴 죽이려고 하는군. 이 일도 마이크론 테크놀로지가 연관되었나?"

미국의 반도체 업체인 마이크론 테크놀로지(Micron Technology, Inc)사는 IMF 구제금융이 한국 반도체 산업에 사용되어서는 안 된다고 강력하게 주장을 펼치고 있었다.

마이크론 테크놀로지는 이전부터 한국 반도체 제조 입체들의 불공정 거래를 미국 정부와 의원들에게 강력히 어필하며 로비를 펼쳤다.

한국이 외환 위기에 빠지자 마이크론 테크놀로지는 그동안 한국 반도체 업체들에게 빼앗긴 시장을 되찾으려는 계획을 진행 중이었다.

"미 의원들에게 상당한 로비를 하고 있습니다. 상업은행 뉴욕 지점에선 삼성전자 미국 현지 법인에 대출한 것이 없으니 크레디트 라인을 줄일 수 없다고는 했지만, 미국 은행들의 움직임이 심상치가 않습니다."

상업은행 뉴욕 지점이 FRB의 요구를 받아들여 삼성전자를 기준 이하로 분류하면 다른 국내 은행 뉴욕 지점은 물론, 미국 은행들도 삼성전자에 대한 크레디트 라인을 축소할 수밖에 없었다.

미국은 국제적으로 경쟁력 있는 한국의 반도체 산업에 대한 견제를 강화했다.

삼성전자는 미국 현지에 진출한 국내 은행 지점과 미국 은행을 통해 상당한 외화 자금을 조달했다.

"음, 조직적으로 움직이고 있어."

이건희 회장의 말처럼 미국의 한국 반도체 규제는 조직적으로 움직였다.

"그리고 정부가 김대중 당선인의 요구에 금융시장을 완전히 개방하는 방향으로 잡은 것 같습니다. IMF와 G7(선진 7개국)으로부터 1백억 달러를 긴급 지원 받는 조건 때문에……."

1백억 달러의 지원 자금을 앞당기는 조건으로 외국인 투자의 한도가 50%에서 55%로 확대되고, 내년 말까지는 완전히 폐지된다.

여기에 노동시장 유연성 확보를 위한 정리 해고제 입법화와 외국인 주식 소유 제한 완전 철폐도 진행된다.

또한 일본에 대한 수입제한품목 해제와 함께 채권시장과 부동산 시장의 개방도 필연적이었다.

외국인에 대한 기업의 인수·합병 허용과 기업의 해외 금융 차입 개방도 요구받았다.

한마디로 금융·자본시장의 완전 개방이다.

"잘못하면 한국의 모든 회사가 팔려갈 수 있겠어."

이건희 회장의 말처럼 한국 기업들은 외국 투자자들이

먹기에 알맞게 익은 열매였다.

하루가 다르게 주식시장과 원화 가치가 수직 낙하했기 때문이다.

주가는 1년 전과 비교하면 절반 가까이(43%) 떨어졌고 환율은 두 배로 올랐다.

달러로 무장한 외국 자본들에겐 한국 기업의 값어치가 3분의 1에서 4분의 1로 줄어든 것이다.

기업 사냥꾼들에겐 주가가 바닥일 때 사는 것이 상식이다.

더구나 극심한 자금난에 빠진 한국의 재벌 기업들은 해외는 물론 국내에서조차 자금 조달 루트가 모두 막혔다.

14개의 종합금융사가 영업정지 되었고, 부실 은행으로 선정된 조흥은행과 서울은행은 내년 2월까지 정리를 해야만 하는 상황이었다.

은행들마저 살아남기 위해 발버둥 치는 상황에서 기업들은 오로지 계열사와 부동산을 매각해서 빚을 갚아야만 했다.

"예, 벌처 캐피털들(Vulture Capital)이 파이어세일(firesale)을 외치며 한국행 비행기에 오르고 있다고 합니다."

벌처 캐피털은 파산한 기업이나 경영이 부실한 회사 등을 저가에 인수해 경영을 정상화시킨 뒤 매각해 단기간에 고수익을 올리는 자금을 말한다.

벌처 펀드는 한국을 비롯하여 아시아 기업들을 삼키려고 덤벼들었다.

파이어세일이란 집이 불타고 남은 가재도구를 헐값에 파는 것을 말한다.

화재가 일어난 집은 가재도구를 헐값에라도 팔아서 당장에 먹을 것과 입을 것을 장만해야 한다.

한국의 은행과 기업들의 상황이 이와 같았다.

"음, 너무 심각해. 닉스홀딩스의 조건이 뭐냐?"

이건희 회장이 우측에 앉은 구조조정본부장인 김인준에게 물었다.

그는 삼성그룹의 구조조정을 총괄하고 있었다.

"닉스홀딩스가 제시한 인수 자금은 총 15억 달러입니다. 그중 특허 인수 비용이 3억 달러입니다. 모두 달러로 지급하겠다고 합니다."

2천 원대로 오른 환율로 따지면 3조 원에 이르는 금액이었다.

현재 삼성전자의 주가총액은 4조 3천850억 원대였다.

삼성전자 전체가 아닌 반도체 사업 부분만을 파는 조건으로는 나쁘지 않은 금액이었다.

"좋아, 그대로 추진해."

이건희 회장은 생각보다 빠른 판단을 내렸다.

삼성그룹도 너무나 급격히 바뀌는 경제 상황에 당황하고 있었다.

더 이상 협상을 끌다가는 기업의 가치가 더 떨어질 수밖에 없는 상황이었다.

상황이 비슷한 LG반도체와 현대전자가 움직이기 전에 먼저 움직여야만 했다.

지금은 현금과 달러를 가진 기업만이 살아남을 수 있었다.

Chapter 2

모스크바에 도착하자마자 러시아의 정부 관계자들이 날 찾아왔다.

동남아시아와 한국에 불어닥친 경제 위기가 러시아를 향하는 것을 막으려는 조치를 협의하려는 것이었다.

아시아 금융 위기의 불똥이 튈 것을 우려하고 있는 러시아는 미국과 유럽에서 50억 달러 상당의 자금 지원을 모색 중이었다.

금융 위기의 불안감으로 인해 외국 투자가들은 러시아 외환시장과 국채시장에서 40억 달러 상당을 회수했다.

아시아의 금융 위기는 일본에도 영향을 주어 버블 붕괴 이후 경영이 어려워진 쿄토쿄에이은행, 다쿠쇼쿠은행, 에치고증권, 산요증권, 야마이치증권의 파산 등으로 금융계 연쇄 도산이 일어났다.

"강 회장님께서 모스크바로 돌아오시니 안심됩니다."

알렉시쉔코 러시아 중앙은행 총재가 반갑게 나를 맞이했다.

"하하! 알렉시쉔코 총재께서 다른 때보다 더 반갑게 맞이해 주시는 것 같습니다."

"예, 돌아오시자마자 국채를 매입해 주시니 제가 잠시나마 한숨을 돌릴 수 있었습니다. 오늘만 해도 5억 달러가 러시아를 빠져나갔습니다."

신흥 시장에 대한 불신이 가득해지고 있는 상황은 러시아도 매한가지였다.

아시아의 위기는 황금 알을 낳는 거위로 불리며 연 수익률이 30%가 넘어서는 러시아 국채의 상황도 달라지게 만들었다.

한국의 종금사와 금융투자사들도 러시아 국채에 앞다투어 투자했었다.

러시아 루블화의 평가절하율을 연 10%로 잡더라도 어느 정도 위험을 감수하면 적어도 20% 안팎의 수익이 보장되었기 때문이다.

러시아의 국가위험도가 높기는 하지만 러시아가 붕괴하거나 공산사회로 되돌아갈 가능성은 희박하다는 것이 러시아 국채를 사들이는 금융기관들의 판단이었다.

하지만 외환 위기의 다음 대상이 러시아가 될 것이라는 소문이 국제 외환시장에 퍼져 나가고 있었다.

"지금의 흐름에 맞설 때가 아닙니다. 최대한 외화를 아끼는 것이 상책입니다. 러시아는 한국이 실패한 외환 정책을 따라가서는 안 됩니다."

러시아 또한 루블화의 안정을 위해서 달러를 외환시장에 내다 팔았다.

"후! 말씀대로 하려니 쉽지가 않습니다. 유럽계 은행들에서 국채를 투매하듯이 던지고 있습니다."

동남아시아와 한국에서 손해를 본 유럽의 투자은행들이 러시아에서도 발을 빼려고 했다.

하지만 심할 정도로 과도하게 자본을 회수하고 있었다.

마치 러시아에서도 위기를 조장하려는 듯이 루블화에 대한 공격도 심해졌다.

"최대한 금리를 통해서 방어를 하십시오. 러시아가 소유한 2백억 달러의 외환자금은 순식간에 사라질 수 있습니다."

"저도 그 점이 우려스럽습니다. 재정적자가 심화되고 있는 상황에서 무작정 금리를 올릴 수도 없는 상황입니다. 소빈뱅크에서 보다 적극적으로 세수를 거둬들이는 것이 어떻겠습니까?"

현재 소빈뱅크에서 러시아의 정부를 대신하여 기업들에게 세금을 걷고 있었다.

불합리하고 체계적이지 않은 조세제도를 개혁하려는 방편으로 러시아 정부와 협의한 일이었다.

소빈뱅크는 코사크의 도움을 앞세워 탈세와 편법이 난무했던 러시아의 조세체계를 전진적으로 개혁하고 있었다.

시간이 지날수록 조세체계가 자리를 잡아가고 있었지만 다른 나라처럼 바로 바꿀 수는 없었다.

"물론 그것도 하나의 방편이지만 너무 강하게 나가면 반발이 심해질 것입니다. 작년과 비교해서 20% 이상 세금을 더 거둬들이지 않았습니까?"

실제로는 20%가 아닌 50%가 더 늘어났다.

늘어난 세금의 일정 부분만 러시아 당국에 전달했다.

소빈뱅크는 일정 규모 이상의 기업들 1천여 개를 우선적으로 선정하여 해당하는 기업으로부터 법인세와 부가가치세를 받았다.

현재 조사가 이루어지고 있는 기업들을 합하면 내년에는

5천여 개로 늘어날 예정이며, 하반기에는 1만여 개로 확대될 것이다.

"예, 하지만 상황이 상황인지라."

아시아의 외환 위기 여파와 함께 누적된 재정적자가 심각한 러시아는 화폐 발행을 더 늘릴 계획까지 하고 있었다.

하지만 문제는 간신히 잡혀가는 인플레이션이 화폐 발행을 통해 확대될 수 있었고, 루블화의 가치 하락으로 이어져 외국 자본이 더욱 러시아를 떠나는 빌미가 제공되는 것이었다.

더구나 루블화 평가절하를 용인할 수 없는 이유는 러시아의 대다수 은행들이 막대한 해외차입으로 유지되고 있었다.

만약 루블화가 지금보다 30~40% 평가절하된다면 1,500여 개의 은행 가운데 30여 개만 살아남을 것이기 때문이었다.

"정 그러시다면 소빈뱅크에서 10억 달러를 언제든지 사용할 수 있게 대여해 드리겠습니다."

"정말이십니까?"

생각지도 못한 10억 달러 지원에 알렉시쉔코 중앙은행 총재의 표정이 환하게 바뀌었다.

러시아는 추바이스 부총리가 미국을 방문해 자금 지원을 요청하고 있었지만, 미국은 직접 지원이 아닌 IMF를 통한 지원 방안을 원했다.

달러를 확보하기 위해 러시아 또한 적극적으로 움직이고 있었다.

"물론입니다. 하지만 안전장치를 마련해 주셔야 합니다."

"당연하지요. 어떤 방식을 원하십니까? 이전처럼 정부가 보증하는 국채를 담보로 잡으시겠습니까? 아니면 국영기업의 바우처로 내어드릴까요?"

"바우처도 좋지만, 저희 소빈뱅크도 중앙은행이 가지고 있는 달러를 언제든지 사용할 수 있게 해주십시오."

"소빈뱅크와 중앙은행 간의 스와프를 체결하자는 말씀입니까?"

"예, 그렇습니다. 달러가 필요할 때 조건 없이 언제든지 자금을 대여해 주는 것입니다."

"얼마나 하길 원하십니까?"

"관계자들의 협의를 거쳐야겠지만 제 생각에는 30~50억 달러 사이가 좋지 않을까 생각됩니다."

"음, 나쁘지 않은 생각이십니다만 이건 저 혼자 결정할 문제가 아닌 것 같습니다."

"물론 재무부와 협의를 하십시오. 하지만 지금의 상황에서 달러를 구한다는 것은 쉬운 일이 아닙니다. 한국을 지원하는 데만 6백억 달러가 소요될 것이기 때문입니다."

실제로 러시아가 외환 위기로 IMF에 긴급 자금을 요청할 때 IMF는 자금이 고갈된 상태였다.

"정말 한국이 6백억 달러나 필요하다는 말씀입니까?"

"한국의 금융기관과 기업들이 끌어다 쓴 외채는 3천억 달러에 달합니다. 그중 단기외채 비중이 절반을 넘는 1천7백억 달러에 이르렀습니다. 더구나 한국은 이달에만 150억 달러에 달하는 만기 외채를 갚아야만 합니다. 만기 연장 협상이 순탄치 않으면 금액은 더 늘어날 것입니다."

러시아 중앙은행 총재인 알렉시센코는 한국의 상황을 잘 알지 못했다.

"음, 국제시장에서의 달러 수급이 쉽지 않다는 말이군요."

"예, 세계은행(IBRD)이나 IMF, 그리고 아시아개발은행(ADB)들도 동아시아와 한국에 자금 지원으로 인해 여유가 없습니다. 회원국들의 출자금을 늘리지 않는다면 말입니다."

달러를 필요로 하는 국가들이 늘어나고 있었지만, 지원 자금은 한정된 상황이었다.

IMF에선 한국의 위기는 상정하고 있지 않았었고 지금은 일본마저 흔들리고 있었다.

"무슨 말씀인지 알겠습니다. 키리엔코 총리와 재무부 관계자들과 이야기를 나눠보겠습니다."

"러시아를 살리기 위한 일입니다. 저 또한 키리엔코 총리를 만나보겠습니다."

"예, 그렇게 해주시면 일이 순조로울 것입니다."

"그리고 계약이 이루어지면 저희가 요구하는 항목들을 계약서에 삽입하고 싶습니다. 물론 그에 대한 대가는 총재님에게 충분히 돌려 드리겠습니다."

"음, 무슨 말씀인지 알겠습니다."

알렉시쉔코 중앙은행 총재는 내 말뜻을 알아들었다.

러시아 중앙은행보다 소빈뱅크에 유리한 조건들을 계약서에 넣을 것이다.

그중 하나가 러시아 중앙은행은 소빈뱅크에서 가져갈 달러 금액이 30~50억 달러로 제한적이지만 소빈뱅크가 중앙은행에서 차입하는 달러는 제한을 두지 않게 하는 것이다.

그것이 비싼 달러를 소빈뱅크에서 먼저 빌려가는 조건이었다.

그래야만 내년 8월 소빈뱅크의 운명을 건 도박에 더 큰 판돈을 걸 수 있었다.

*　　　*　　　*

민주한국당의 한종태 당대표는 대선이 끝나자 의원내각제의 영국으로 1년간 정치 유학을 떠나기로 했다.

낙후된 한국 정치와 대통령제의 한계성을 보완하기 위해 옥스퍼드 대학에서 1년간 정치학을 공부할 예정이라는 언론 발표를 했다.

하지만 이건 표면상의 이유였고, 한종태를 지지했던 기업들의 항의가 거칠어지자 해외 출국으로 도피하려는 것이 주된 이유였다.

한종태가 약속했던 것들이 모두 날아간 지금, 인수 합병으로 덩치를 키운 보영그룹이 대선 이후 첫 번째로 쓰러졌다.

$$* \qquad * \qquad *$$

"기업들의 불만이 이만저만이 아닙니다."

미르재단에서 기업을 담당하는 정영래 실장의 말이었다.

민주한국당의 한종태를 지지했던 기업들은 어려운 상황에서도 적게는 50억에서 많게는 수백억 원의 대선 자금을 건넸다.

"음, 상황이 이렇게 될 줄 누구도 몰랐잖아. 지금까지 받아온 혜택들은 생각지도 않고 말이야. 지금 한종태 대표가 무너지면 다음 대선은 아예 포기해야 해."

미르재단을 이끄는 황만수 이사장의 미간이 좁혀졌다.

"정상적인 상황이라면 문제가 없겠지만, 기업들이 상황이 너무 심각합니다. 특히나 미르재단에 속한 기업들의 어려움이 더욱 가중되고 있습니다. 보영그룹에 이어서 대용그룹이 올해를 넘기기가 어려울 것 같습니다."

"그러니까 진작에 대비했어야지. 우리가 그런 것까지 코치할 수는 없는 거야."

"하지만 회원 기업들이 무너지면 다음 대선 때 한종태 대표를 지지하는 기업들이 얼마 되지 않을 것입니다."

"후! 그래서 어떡하자는 거야?"

정영래 실장의 말에 황만수는 한숨을 내쉬며 말했다.

정영래의 말처럼 미르재단을 떠받치고 있는 핵심 기업들이 쓰러지는 상황이었다.

이들 기업의 도움이 없다면 다음 대선도 장담할 수 없었다.

"사용하고 남은 대선 자금을 일정 부분 돌려주는 것을 검토하는 것도 나쁘지 않을 것 같습니다."

"돈을 돌려준다고?"

"전부는 아니더라도 한 푼이 아쉬운 기업들에게 우리가

남이 아니라는 것을 보여주는 생색내기를 하자는 것입니다. 이대로 손 놓고 있다가는 모든 비난의 화살이 한종태 대표와 우리에게 쏠립니다."

"음, 틀린 말은 아니지만, 돌려줄 만큼의 대선 자금이 남아 있지 않아. 대선 전날까지 남은 자금을 쏟아부었잖아."

김대중 대선 후보 측의 기발한 선거 방식에 대응하기 위해 한종태 선거본부에서 선택한 것이 물량이었다.

막대한 자금을 들여서 홍보차량과 도우미를 고용해 전국의 소도시까지 돌아다니게 했다.

"다른 방법을 써서라도 혜택을 주지 않으면 회원사들의 이탈이 있을 것 같습니다. 김대중 정권이 저희 쪽과 이렇다 할 유대관계도 없는 상황이라……."

군사정권를 거쳐 김영삼 정부까지는 미르재단의 영향력이 유지되었다.

하지만 지금 대통령 선거에서 여당이 아닌 야당이 처음 정권을 잡은 상황이 발생한 것이다.

"음, 한종태 대표와 이야기를 나누도록 하지. 정 실장이 최대한 회원 기업들을 다독여 봐."

"알겠습니다."

황만수의 말에 대답하는 정영래 실장의 목소리에는 힘이 없었다.

수십 년간 이권과 혜택을 받아온 미르재단의 회원 기업들은 IMF라는 거대한 파도와 한종태의 대통령 후보 사퇴라는 생각지 못한 암초에 부닥쳐 무너져 가고 있었다.

Chapter 3

모스크바는 하루가 다르게 달라지고 있었지만, 서민들의 삶은 여전히 고달팠다.

러시아도 거센 금융 위기에 따른 경제 여파가 한동안 성장하던 경제를 흔들어놓기 시작한 것이다.

늘어나던 투자와 일자리도 12월에 들어서면서 확연히 줄어드는 것이 피부에 느껴졌다.

한편으로 러시아 경제총책인 추바이스 러시아 제1부총리가 요청했던 7개 서방은행에 대한 긴급 차관 제공이 지연되었다.

여기에 국제통화기금(IMF)이 러시아 경제개발 지원 명목으로 약속했던 1백억 달러의 차관을 조기 집행해 달라고 거듭 요구했지만, 한국의 외환 위기 여파로 틀어지게 되었다.

한국의 증시가 폭락한 것처럼 러시아의 증시도 전체적으로 하강 국면에 들어서면서 널뛰기를 하고 있었다.

여기에 채권시장의 이자도 한 달 사이 4~5% 포인트나 상승했고, 러시아 금융시장에 들어왔던 외국 자본 중 50~80억 달러가 1~2개월 사이에 빠져나갔다.

"러시아 금융은 850억 달러 규모의 증권시장과 450억 달러 규모의 국채 시장(GKO)으로 형성되어 있습니다. 이 중 증시에서 200~250억 달러가 해외투자기관과 투자자의 자본입니다. 국채 시장에는 60억 달러가 들어와 있습니다. 국내 자본 중에도 러시아 기업의 명의를 빌린 사실상의 외국 자본금 42억 달러가 투자되어 있습니다."

소빈뱅크 은행장인 이고르의 보고였다.

"검은 돈은 얼마나 들어왔지?"

작년 말부터 러시아가 국제금융계에서 떠오르는 시장으로 평가되면서 외국 투자들이 몰렸고, 러시아 정부는 출처가 불분명한 검은 돈도 가리지 않고 적극적으로 유치했다.

"57억 달러 정도입니다."

57억 달러 중 소빈뱅크를 통해서 들어온 자금이 절반에 달했다.

"이 자금은 이탈했나?"

"아닙니다. 러시아를 떠난 자금 대다수는 국제펀드에서 투자된 금액입니다. 그중 70%가 유럽 쪽 자금입니다."

"음, 자금 이탈의 주된 이유가 뭐지?"

"아시아 금융 위기로 인해서 성장 가능성의 잠재적 시장보다는 안정적인 선진국의 금융시장으로 눈을 돌렸기 때문입니다. 여기에 외국 투자자들에게 적용된 차별적 조세행정제도 또한 영향을 끼쳤습니다. 조세제도를 개선하고는 있지만 다른 국가들과 비교해 보면 복잡하고 낙후된 것도 하나의 원인입니다."

소빈뱅크가 추진 중인 조세제도 개편은 러시아의 기업들에만 적용되고 있었다.

외국 기업들에 대해서는 아직 적용되지 않고 있었다.

"음, 조세제도가 많이 바뀌었다고는 하지만 아직도 멀었군."

"소빈뱅크의 일 처리를 세무서가 따라오지 못한 결과이기도 합니다."

소빈뱅크를 뒷받침하는 러시아 행정당국의 일 처리가 느리고 효율적이지 못했다.

"음, 우리만 변화한다고 해서 해결될 문제들이 아니야. 소빈뱅크 지점의 확대는 어떻게 되어가고 있나?"

조세제도 개편에 따라서 러시아 전역의 기업들을 커버하기 위해서는 소빈뱅크의 지점이 더 늘어나야만 했다.

"새로운 지점을 내는 것보다 기존 은행을 인수하는 것이 효율적이라 판단해 알파뱅크를 인수하기로 했습니다."

알파뱅크는 우크라이나와 카자흐스탄을 비롯하여 러시아 전역에 124개 지점을 갖추고 있는 은행으로 1990년에 설립되었다.

알파뱅크는 소빈뱅크가 들어가지 않은 중소도시에도 지점을 갖추고 있었다.

"인수자금은 얼마나 들어가나?"

"5~6억 달러 사이에서 결정될 것 같습니다. 알파뱅크가 진행했던 동남아시아의 투자와 원유 선물에서 큰 손해를 입어 매물 가치가 크게 떨어졌습니다."

소빈뱅크가 외환과 선물거래를 통해 크게 성장하자 러시아 은행들도 공격적인 투자를 단행했다.

하지만 아시아의 외환 위기와 원유 가격의 추락을 예측하지 못한 러시아 은행들의 결과는 참담했다.

"인수하더라도 소빈뱅크와 겹치는 지점은 과감하게 정리해야 해. 덩치가 커지고 새로운 인원이 들어오면 업무의 효율성과 생산성이 떨어지게 된다는 것도 미리미리 대비하고."

아무리 좋은 회사라도 인수·합병을 무작정 할 수 없는 이유였다.

"예, 그 점에 대해서도 교육부서와 협의를 하고 있습니다."

룩오일NY의 계열사들은 지속적인 교육과 제도 개선을 통해서 이러한 점을 만회하고 업무 효율성을 끌어올렸다.

하지만 다른 기업은 룩오일NY만큼의 투자와 교육을 하지 못했다.

"따라오지 못하는 직원을 구제할 시간이 없다는 것도 명심해. 우리에게 주어진 시간을 최대한 활용하지 못하면 이번 싸움에서 승리하지 못한다는 거도 말이야."

시간은 공평했다.

주어진 시간 동안 얼마나 많은 준비를 하느냐에 따라서 한국과 러시아의 운명이 달라질 수 있었다.

앞으로 남은 8개월에 모든 것을 쏟아부어야만 했다.

*　　　*　　　*

러시아 권력의 핵심인 크렘린궁을 방문하는 것도 이제는

어색하지가 않았다.

보안을 담당하는 인물들은 나의 등장에 보안 검색을 생략하다시피 하며 일사천리로 진행했다.

마치 일국의 정상을 맞이하는 풍경이었다.

"하하하! 그동안 잘 지내셨습니까?"

안톤 바이노 대통령 비서실장이 웃으면서 날 반겼다.

"덕분에 잘 지냈습니다. 비서실장님께서는 어떻게 지내셨습니까?"

"몸과 마음이 무척 피곤한 상태입니다. 회장님께서도 알고 계시다시피 러시아의 경제 상황이 여의치가 않아 고심이 이만저만이 아닙니다."

올여름까지만 해도 자신감을 내비쳤던 러시아의 경제는 매서운 한파와 함께 꽁꽁 얼어붙고 있었다.

룩오일NY의 계열사들은 놀라운 성장세와 이익을 구가했지만, 그 외의 주요 기업들과 금융기관들은 큰 난관에 봉착해 있었다.

"러시아는 저력이 강한 나라입니다. 역사적으로도 어려운 일이 닥칠수록 러시아는 더 강하게 재탄생했습니다. 이번 일도 충분히 이겨낼 수 있습니다."

"하하하! 강 회장님께서 그렇게 말씀해 주시니 한결 마음이 놓입니다."

바이노는 내 말에 호쾌한 웃음을 토해냈다.

"한데 옐친 대통령께서 절 보자고 한 이유를 아십니까?"

갑작스러운 옐친의 호출이었다.

"글쎄요. 저도 정확한 이유는 알 수 없습니다만 요즘 들어 많이 힘들어하시는 모습을 보이셨습니다. 이런 말씀을 드리기는 뭐하지만, 과음도 심해졌습니다."

옐친 대통령은 술을 좋아했고 작정하면 몸을 가누지 못할 정도로 술을 마셨다.

심장이 좋지 않으니 술을 자제하라는 대통령 주치의 말을 옐친은 듣지 않았다.

"음, 어려운 상황일수록 힘을 더 내셔야 하는데 말입니다."

"강 회장님 덕분에 체첸공화국 문제가 잘 풀렸지만, 아직도 대내외적으로 문제들이 산적해 있습니다. 경제 문제가 어느 정도 실마리를 풀려는 상황에서 아시아의 외환 위기로 인해 다시금 어려움이 몰려오자 심적 부담감이 커지신 것 같습니다."

야당은 충분한 시간이 흘러도 경제 문제를 해결 못 하는 옐친을 강도 높게 비난했다.

바이노 대통령 비서실장의 말처럼 체첸공화국의 문제도 내가 해결한 거나 다름없었다.

이러한 사실을 뒤늦게 야당도 알게 되었고, 외부의 도움 없이는 정치적인 문제도 해결 못 하는 무능한 옐친이라며 거세게 공격했다.

"제가 만나뵙고 위로를 드려야 하겠습니다."

"예, 대통령님께서도 강 회장님을 만나시면 늘 기분이 좋아지셨습니다. 힘이 될 수 있는 좋은 이야기를 많이 해주십시오. 그럼, 저는 준비를 하겠습니다."

"예, 기다리고 있겠습니다."

대통령 비서실장인 바이노가 귀빈실을 나가자마자 대통령 행정실 제1부실 실장을 맡고 있는 블라디미르 푸틴이 들어왔다.

푸틴은 대통령 총무실 부실장에서 나의 도움으로 행정실 제1부실 실장으로 직급이 빠르게 상승했다.

"오셨다는 말을 듣고 인사를 드리러 왔습니다."

푸틴은 나를 보며 가볍게 고개를 숙이며 인사를 건넸다.

"잘 지냈습니까?"

"강 회장님 덕분에 잘 지내고 있습니다. 이번 도움은 잊지 않겠습니다."

푸틴이 크렘린궁에 들어온 지 1년 만에 맡게 된 행정실 제1부실 실장은 몇 단계를 뛰어넘는 것이다.

이 때문에 대통령 비서실에서도 적지 않은 반발을 불러왔다.

"실장님께서 능력이 되시기 때문에 올라설 수 있었던 것입니다."

"하하! 제 능력을 강 회장님과 옐친 대통령만이 알고 있는 것이 문제입니다."

푸틴은 나의 말에 농담 섞인 말을 던졌다.

처음 크렘린궁에 들어와 긴장했던 모습이 아니었다.

푸틴은 이제 여유가 생길 정도로 크렘린궁에서 자리를 잡아가고 있었다.

"능력 있는 사람이 능력자를 알아보는 것입니다. 옐친 대통령께서 왜 저를 보자고 하시는지 아십니까?"

평소와 달리 옐친의 부름은 너무 갑작스러웠다.

"제 느낌이 맞을지는 모르겠지만, 옐친 대통령이 지금의 자리에서 물러날 생각인 것 같습니다."

푸틴의 입에서 예상치 못한 말이 나왔다.

"그게 사실입니까?"

"정확한 것은 강 회장님께서 직접 만나보시고 판단하시는 것이 좋을 것 같습니다. 제가 보고 느낀 것이 틀릴 수도 있으니까요. 하지만 요즘 들어 옐친 대통령은 매일 폭음을 하며 국정에서 손을 떼는 모습을 보이고 있습니다. 어제도 술에 취해 욕실에서 잠이 들어버린 대통령을 경호원들이 문을 부수고 데리고 나왔습니다."

푸틴의 말이 사실이라면 옐친 대통령은 심각한 상황이었다.

술을 좋아하는 것은 알았지만, 이 정도까지인지는 몰랐다.

더구나 옐친 대통령이 푸틴에게 권력을 이양하는 것은 그가 총리로 임명된 1999년이었다.

"이 사실을 누가 알고 있습니까?"

"비서실과 핵심 측근들 몇몇 외에는 알지 못합니다. 외부에도 대통령의 이런 모습을 철저하게 비밀에 부치고 있습니다."

한 나라의 대통령이 국정을 수행하지 못한다는 것은 심각한 일이었다.

더구나 문제는 대통령이 상황 판단이 되지 않는다면 러시아에 닥친 경제 위기에 제대로 대응하지 못한다는 것이다.

"음, 바이노 비서실장은 내게 이런 말을 전혀 하지 않았습니다."

"바이노 비서실장이 옐친 대통령에게 보고되는 정보 중 상당수를 걸러내는 것 같습니다. 더구나 이달 들어서 대통령 비서실과 행정실의 인원을 자기 측근들로 교체하는 작업을 하고 있습니다. 바이노가 상황 판단이 흐려진 옐친 대통령을 이용하는 것 같습니다. 비서실에서는 바이노가 차기 총리에 내정될 것이라는 말도 흘러나오고 있습니다."

푸틴의 말이 사실이라면 바이노는 크렘린궁에서 권력 투쟁을 시작한 것이다.

옐친 대통령이 상황 판단을 하지 못한다면 충분히 바이노 비서실장의 손에 의해서 크렘린이 움직일 수 있었다.

"잘 알겠습니다. 우선 옐친 대통령을 만나보고 이야기를 나누지요."

"예, 연락을 기다리고 있겠습니다."

푸틴은 묵례를 하고는 귀빈실을 나갔다.

"음, 바이노가 그동안 본모습을 숨기고 있었나? 아니면 옐친 대통령의 모습에 욕심이 생긴 걸까?"

신중하고 생각이 깊은 바이노를 대통령 비서실장에 추천한 사람 중에 하나가 나였다.

그동안 바이노는 룩오일NY에 협조적이고 큰 문제를 일으키지 않았다.

5분 정도 시간이 흐르자 귀빈실의 문이 열리면서 옐친 대통령이 경호원의 부축을 받으며 힘겹게 들어오고 있었다.

4개월 전에 보았던 옐친 대통령이 아니었다.

사람이 이렇게 망가질 수 있을까 할 정도로 옐친의 모습에서 활기를 전혀 찾아볼 수가 없었다.

지친 심신을 힘겹게 이끌고 가는 노인의 모습까지 엿보였다.

"그동안 무슨 일이 있으셨습니까? 몸이 좋아 보이시지 않습니다."

의자에 힘겹게 앉은 옐친을 향해 물었다.

피부도 거칠고 혈색도 좋아 보이지 않았다.

"하하! 요즘 술을 좀 마셨더니 피곤해서 그렇습니다. 별일 아니니 걱정하지 않으셔도 됩니다."

옐친은 아무렇지 않게 대답을 했지만 내 눈에는 전혀 그래 보이지 않았다.

"문제가 있으시면 언제든지 말씀해 주십시오."

"하하! 역시 날 걱정해 주시는 건 강 회장님뿐인 것 같습니다. 우리 둘이 이야기할 것이 있으니, 나가 있게나."

옐친을 부축했던 경호원에게 말을 건네자 경호원은 눈치를 살피며 바로 움직이지 않았다.

"바이노 비서실장께서 대통령님 곁을 떠나지 말라고 하

셨습니다."

"자하르, 난 이 나라의 대통령이야. 내 말보다 바이노의
말이 우선하는가?"

"예, 알겠습니다. 무슨 일이 있으시면 바로 말씀해 주십
시오."

다시금 옐친이 말하자 자하르는 마지못해 귀빈실을 나갔
다.

'음, 뭔가 있군?'

일개 경호원이 옐친 대통령의 말에 토를 달며 바로 따르
지 않는다는 것이 믿기지 않았다.

자하르가 귀빈실을 완전히 나간 것을 본 옐친이 다시금
입을 열었다.

"후! 강 회장을 만나기 위해 연락을 취했었는데 이제야
만나게 되었습니다."

"그게 무슨 말씀이십니까? 제게 연락을 하셨습니까?"

"여러 번 연락했지만, 강 회장께서 일정 때문에 러시아를
방문할 수 없다는 대답을 하시지 않았습니까?"

내 말에 옐친이 고개를 저으며 말했다.

"아닙니다, 전 그런 연락을 받지 못했습니다. 연락을 받
았다면 무슨 일이 있더라도 이곳으로 달려왔을 것입니다."

"음, 분명히 바이노 비서실장에게 전달했는데 뭔가 착오

가 있었던 것 같습니다."

내 말에 옐친의 표정이 살짝 일그러졌다.

'푸틴의 말이 맞았군. 바이노가 독단적으로 일을 처리하고 있는 건가?'

"건강 때문이십니까? 요즘 활동이 전혀 없으신 것 같습니다."

옐친 대통령은 한 달 이상 TV 방송에 얼굴을 내밀지 못했다.

"사실 몸이 좀 불편한 것은 사실입니다. 기억력도 예전과 같지 않고 말입니다. 이러한 문제 때문에라도 강 회장과 함께 러시아의 미래에 대한 일들을 상의하고 싶었습니다."

자하르가 있었던 때와 다른 말을 하는 옐친은 무척 피곤한 모습이었다.

말을 할 때도 숨소리가 조금은 거칠었다.

눈으로 보이는 모습에도 건강상의 문제가 있는 것이 보였지만 이렇게 급속히 악화한 것이 이상했다.

분명 4개월 전과는 너무나 확연히 달랐다.

"먼저 건강을 돌보시는 것이 어떠십니까? 소빈메디컬에 입원하셔서 종합적인 건강 상태를 검사하시는 것이 좋을 것 같습니다."

"하하하! 역시 강 회장님의 진정한 나의 친구입니다. 저의 건강을 최우선으로 생각해 주시니 말입니다. 그렇지 않아도 자리를 내어놓으면 맘 편하게 병원에 입원할 생각입니다."

옐친이 진심이 담긴 내 말에 밝게 웃으며 말했다.

"예, 자리를 내어놓으신다고요?"

난 놀란 표정을 지으며 반문했다.

푸틴에게 전해 들은 내용이 정확했다.

"하하! 많이 놀라셨습니까? 지금 당장은 아니더라도 내년 안에 대통령 자리를 내려놓을 생각입니다."

"건강 문제 때문에 자리에서 물러나려고 하시는 것입니까?"

"건강도 문제지만 내 능력으로는 러시아를 제대로 이끌어가기가 힘들다는 것을 알았습니다. 이전처럼 강한 러시아를 만들어낸다는 것이 마음만으로는 안 된다는 것을…….호!"

말을 하던 옐친이 왼쪽 머리를 만지며 신음성을 냈다.

"괜찮으십니까?"

"요즘 들어 신경을 쓰면 가끔 머리에 통증이 옵니다. 이 때문에라도 술을 좀 마시게 되었습니다."

"주치의에게 말씀하지 않으셨습니까?"

"특별한 증상은 없다고 합니다. 이제 좀 나아졌으니 하던 이야기나 마저 합시다. 강 회장께서는 앞으로 이 나라를 이끌어갈 인물을 누구로 보고 계십니까?"

'음, 확실히 자리에서 물러날 생각인 것 같은데…….'

"글쎄요. 훌륭한 분들이 너무 많아서 쉽게 떠오르지 않습니다. 경험이 풍부하신 체르노미르딘 전 총리도 계시고 일 처리가 뛰어나신 바이노 비서실장도 눈에 띄는 분이시지요. 님초프 부총리 또한 합리적인…….'"

난 여러 명의 이름을 입에 올렸지만, 일부러 푸틴의 이름은 뺐다.

아직 그가 주목받을 정도의 직책과 영향력이 없기 때문이다.

"음, 체르노미르딘과 바이노도 괜찮은 사람이지만 강한 러시아를 만들기에는 조금은 부족한 느낌이 듭니다. 제가 생각할 때는 푸틴 행정실장이 눈에 들어오던데 강 회장께서는 어떻게 보십니까?"

명문대를 나온 푸틴은 머리 회전이 빠르고 상황 판단이 뛰어났다. 거기에 KGB 출신이라는 배경 때문인지 강한 이미지까지 풍겼다.

푸틴은 지금껏 맡은 일에 대해서도 문제없이 깔끔하게 처리해 오고 있었다.

"푸틴 행정실장도 능력이 출중한 분이십니다. 하지만 아직 경험과 연륜이 다른 분에 비해서 부족하지 않겠습니까?"

옐친의 말에 장단을 맞춰주지 않았다.

왠지 모르게 귀빈실에서 옐친 대통령과 나누는 이야기를 누군가 듣고 있을 것 같다는 느낌이 들었다.

"음, 틀린 말씀이 아닙니다. 그래서 푸틴 행정실장을 부총리에 올려서 경험을 쌓게 하고 싶은데, 강 회장님의 생각은 어떠하십니까?"

'음, 역사와 다르게 흘러가는구나.'

역사대로라면 푸틴은 내년 7월에 러시아 연방보안국 국장(FSB)에 올라서야만 했다.

하지만 난 푸틴을 FSB에 올라서게 할 생각이 없었다. 러시아 연방보안의 국장은 장관 직위와 함께 육군 대장의 계급을 갖는 등 막강한 권한을 행사할 수 있는 자리였다.

자체적으로 특수부대인 스페츠나츠를 운영하여 각종 테러를 방지하고 국가 전략 시설을 보호한다.

더구나 가장 큰 특권은 어떠한 행정기관도 법적으로 FSB를 감독할 수 없는 독립적인 기관이라는 점이다.

이러한 FSB에 대해 코사크가 상당한 영향력을 행사하고 있었다.

"다양한 경험을 하는 것도 나쁘지 않을 것입니다. 행정실

장에 임명된 지 얼마 되지 않아 부총리에 올라서는 것은 상당한 직급 상승인데 반발이 생기지 않겠습니까?'

"물론 그렇게 보일 수도 있겠지만, 능력 있는 사람을 적재적소에 기용하는 것이 대통령의 일이자 권한이지요. 바이노 비서실장도 푸틴 행정실장이 크렘린궁보다는 행정부에서 일하는 것이 더 낫다는 생각입니다. 나도 그 말이 틀리다고 생각하지 않습니다."

'음, 바이노가 푸틴을 크렘린궁에서 밀어내려 하는구나.'

푸틴의 말이 모두 사실이라면 바이노가 크렘린궁을 완전히 장악하려는 것 같았다.

지금 옐친의 몸 상태로는 정상적인 판단을 할 수 없었다. 더구나 바이노가 옐친 대통령의 눈과 귀를 가린다면 심각한 상황을 맞이할 수도 있었다.

"저는 언제나 대통령님의 판단이 올바르시다는 알고 있습니다. 마음이 움직이시는 대로 하십시오. 저도 크게 문제될 것은 없어 보입니다."

"하하하! 언제나 강 회장은 내게 힘이 돼주는 말을 해주어서 의지가 됩니다. 러시아의 경제가 지금처럼만 나아가면 조만간 옛 영광을 다시 찾을 수 있을 것입니다. 룩오일NY가 그 영광을 앞당기게 도와주셔야 합니다."

옐친은 앞뒤가 맞지 않는 말을 했다.

러시아는 지금 아시아 국가들처럼 외환 위기에 놓여 있었다.

'뭐지? 지금의 경제 상황을 모르고 있나?'

"하하! 물론입니다. 러시아가 대국의 지위에 걸맞은 경제 발전을 이룩할 수 있도록 최선을 다하겠습니다."

"고마운 말입니다. 언제나 난 강 회장의 영원한 친구라는 것을 잊지 마십시오."

"예, 물론입니다. 변함없는 우정을 보여주신 것에 대해 항상 감사한 마음을 가지고 있습니다."

"하하하! 강 회장을 만나면 늘 웃게 됩니다."

옐친 대통령은 내 말에 흡족한 웃음을 보였다. 하지만 옐친은 이전과는 많이 달라져 있었다.

건강도 문제였지만 그의 혼탁해진 눈처럼 상황 판단을 제대로 하지 못하고 있었다.

"바이노 비서실장을 조사해 봐."

옐친를 만나고 돌아오는 차 안에서 루슬란 비서실장에게 지시를 내렸다.

"바이노를 말입니까?"

"그래, 그가 뭔가를 꾸미는 느낌이야. 옐친 대통령의 건강 상태도 정확히 알아보고."

"알겠습니다."

러시아에서 국제금융 세력과 승부를 보기 위해서는 지금의 판세가 깨지면 안 되었다.

*   *   *

"강 회장이 옐친의 상태를 파악했다면 가만있지 않을 것입니다."

"고작 이방인에 불과한 인물을 걱정해야 할 정도로 우스워진 것입니다. 놈이 움직이기 전에 우리가 선수를 쳐야 합니다."

코르자코프 경호실장의 말에 안톤 바이노 비서실장이 적대감을 강하게 드러내며 말했다.

바이노는 이방인인 표도르 강에 의해서 러시아의 부와 권력이 강탈되는 것에 대해 크게 분노했다.

러시아를 망치는 주범을 표도르 강과 같은 이방인과 외국계 자본으로 보았다.

"어떻게 말입니까? 우리가 움직일 수 있는 것은 경호실뿐입니다."

"물론 놈을 잡기 위해서는 우리만으로는 힘듭니다. 안 그렇습니까? 푸틴 동지."

반대편에 앉아 있는 푸틴을 향해 바이노가 물었다.

"물론입니다. 그래서 양키 놈들을 끌어들여야 합니다. 놈을 꼭 잡고 싶어 하는 인물이 있습니다. 우리가 조금만 도와준다면 표도르 강을 확실히 끝낼 수 있을 것입니다."

옐친과 표도르 강이 머물던 귀빈실에서 크렘린궁을 움직이는 세 인물이 머리를 맞대고 있었다.

"문제는 코사크가 걸림돌입니다."

"코사크를 잡기 위해서는 내무부 산하 경찰특공대를 반드시 끌어들여야 합니다. 군대를 동원하면 놈의 레이더에 포착될 수 있습니다."

코르자코프의 말에 푸틴이 탁자에 올려진 지도를 보며 말했다.

그곳에는 코사크 본부로 사용되고 있는 머큐리 타워가 표시되어 있었다.

"하지만 문제는 예린이 우리에게 협조하지 않을 것입니다."

예린은 러시아 내무부 장관이었다.

"예린을 실각시켜야지요. 그 자리에 그루쉬코프 내무부 국장을 앉히면 됩니다. 그는 저와 인연이 있습니다."

바이노 비서실장의 말에 푸틴이 편안한 표정으로 말했다.

"음, 예린을 제거한다. 좋습니다, 제가 옐친에게 이야기하지요."

"그리고 만약을 대비해 경호실 병력도 움직여야 합니다. 양키 놈들의 손을 빌리겠지만, 그것만으로는 안심하지 못합니다."

"알겠습니다. 최종 작전이 마련되는 대로 병력을 준비하겠습니다."

푸틴 행정실장의 말에 코르자코프 경호실장이 말했다.

"표도르 강을 제거하면 지금 어려움을 겪는 러시아 경제의 모든 문제를 놈이 가진 재산으로 처리할 수 있습니다."

"그래야지요. 러시아가 올바른 방향으로 나아가기 위해서는 표도르 강을 제거하는 것부터 시작해야 합니다. 놈은 이제 러시아가 진정한 대국으로 올라서기 위한 희생 제물이 될 것입니다."

바이노의 말에 호응하는 블라디미르 푸틴의 눈빛은 야망으로 이글거렸다.

자신의 약점을 쥐고 있는 표도르 강을 제거하지 못하면 러시아의 권력을 잡는다 해도 꼭두각시에 불과할 뿐이라는 것을, 푸틴은 잘 알고 있었다.

Chapter 4

모스크바의 찬 공기가 코를 통해 허파에 들어오는 것이
느껴졌다.

먹구름이 가득한 하늘은 언제라도 눈을 쏟아낼 것만 같
았다.

"후— 우! 결국, 이곳까지 오게 되었군."

파리에서 특별기를 타고 모스크바에 도착한 피터는 외투
의 옷깃을 치켜세우며 말했다.

"러시아 놈들이 표도르 강을 제거하려고 할지 몰랐습니
다."

"그게 우리의 목숨을 살린 거야. 콩고에서처럼 또 실패한 다면 모스크바가 우리의 무덤이 될 거니까."

모스크바 공항의 관제탑을 바라보는 피터의 두 눈은 불타오르고 있었다.

자이르공화국에서 이제는 콩고공화국으로 국명이 바뀐 곳에서 피터는 표도르 강을 제거하지 못했다.

체첸에서 자신의 손으로 상관인 제임스를 제거했던 피터는 작전의 실패로 인해 짐바브웨에서 인생을 끝낼 뻔했다.

하지만 지금 다시 한번 기회를 잡은 것이다.

"실패는 한 번이면 충분합니다."

피터와 함께 모스크바에 도착한 케인은 미국에서 CIA가 비밀리에 육성한 고스트 부대를 이끌고 왔다.

35명의 고스트는 미국의 특수부대에서 선발한 인물들로 특수전 훈련은 물론이고 실전에서의 전투를 충분히 경험한 최정예 특수부대였다.

"그래야지. 하지만 성공해도 저들 중에 살아남을 인물은 한두 명에 불과하겠지."

비행기에서 내리는 인물들을 바라보는 피터의 입에서 입김이 연신 나오고 있었다.

"국가를 위해서 목숨을 바치는 것은 영광스러운 일입니다. 가족들은 그에 대가를 받을 것입니다."

"후후! 죽은 후의 영광이라. 저 친구들은 국가를 위해서지만 자네와 난 개인적인 부와 권력을 원하잖아?"

"개개인의 생각 차이를 고려해야지 않겠습니까. 팀장님과 저는 같은 방향이지만요."

"그래, 더는 짐바브웨의 냄새나는 숙소와 고무처럼 질긴 스테이크를 먹고 싶지 않으니까."

"일주일 후면 뉴욕의 최고급 레스토랑에서 멋진 식사를 하고 있을 것입니다."

"표도르 강의 머리를 박살 내고서 먹는 송아지 스테이크의 맛은 정말 죽이겠지."

피터는 스테이크를 이미 입속에 넣은 것 같은 표정으로 말했다.

피터를 포함한 37명의 인물들은 준비된 버스에 올라탔다.

이들은 러시아의 농구팀과 친선 경기를 펼치기 위해 모스크바를 방문한 미국의 대학 농구단으로 되어 있었다.

*　　　*　　　*

코사크정보센터를 맡고 있는 쿠즈민은 두 장의 사진을 보고 있었다.

하나는 아프리카의 짐바브웨에서 보낸 사진이었고, 또 하나는 모스크바의 공항에서 막 촬영되어 정보센터로 보내온 사진이었다.

"앙골라에서 촬영된 사진을 가져와."

쿠즈민은 두 장의 사진 속 인물이 동일 인물임을 확신하자마자 아프리카 담당 정보 분석 요원에게 지시했다.

"분명히 놈이 맞아."

쿠즈민은 콩고민주공화국에서 코사크 정보팀을 이끌었었다.

그때 중부 아프리카에서 활동 중인 CIA 요원들을 추적했고, 앙골라에서 새롭게 부임한 CIA 팀장을 확인했다.

"여기입니다."

잠시 뒤 요원이 가져온 사진함을 열어 CIA라고 라벨이 붙은 서류철을 꺼냈다.

서류철을 열자마자 첫 장에 CIA 신임팀장 추정 인물이라는 문구와 존슨 피터라는 이름이 눈에 들어왔다.

앙골라의 수도인 루안다의 스키나 호텔에서 촬영된 사진이었다.

"음, 놈이 확실하군. 이놈이 왜 모스크바에 나타난 거지."

검정 선글라스를 끼고 있는 사내는 다름 아닌 어제 모스크바에 도착한 피터였다.

코사크는 현재 FSB(러시아연방안전국)와 함께 중부 아프리카에 탄탄한 정보망을 구축했다.

이러한 정보망을 통해서 룩오일NY와 닉스홀딩스를 방해했던 미국의 CIA를 비롯한 서방의 정보기관을 감시하고 있었다.

그 감시망의 주요 감시 대상 중 하나가 CIA의 피터였다.

"미 대사관의 CIA 요원 중 바뀐 인물들이 있었나?"

주미 대사관을 담당하는 발렌틴 팀장에게 물었다.

"변동 상황이 없습니다."

"음, 그렇다면 이놈은 목적을 갖고 모스크바에 들어왔다는 건데. 지금 당장 존슨 피터에 대해 추적에 들어간다. 존슨 피터는 물론 접촉한 인물과 동행인들의 현재 위치를 파악해."

쿠즈민 센터장의 말이 떨어지자 담당팀의 움직임이 부산해졌다.

공항과 호텔 등 존슨 피터의 동선에 대한 조사가 시작되었다.

*　　　*　　　*

"이름은 존슨 피터로 앙골라가 콩고민주공화국을 침공하도록 유도한 인물입니다. 현재 윌리엄 메이슨이라는 이름으로 모스크바에 들어와 있습니다."

쿠즈민은 지금까지 조사된 내용을 보고했다.

"혼자서 들어온 건가?"

"아직은 파악되지 않고 있습니다. 현재 조사 중입니다. 모스크바의 코드야트 호텔에 체크 인했지만 실제로 호텔에 머무는 것은 아니었습니다. 호텔이 아닌 다른 제삼의 장소에 머무는 것 같습니다."

"위치를 아직 파악하지 못했단 말입니까?"

옆에서 함께 듣고 있던 김만철 경호실장이 물었다.

"모스크바의 모든 숙박 시설을 조사하고 있습니다. 오늘 중에는 확인할 수 있을 것입니다."

코사크정보센터와 FSB(러시아연방안전국)가 함께 움직이고 있었다.

"그리고 바이노 대통령 비서실장에 대해서는 뚜렷한 것은 아직 발견되지 않았습니다. 오히려 코르자코프 대통령 경호실장의 움직임이 이상합니다. 그의 명령으로 경호실에 속한 경호원들이 경호 목적과는 동떨어진 대테러 진압 훈련을 받고 있었습니다."

"음, 대테러 진압 훈련을 경호실에서 받는다. 이거 뭔가

구린 냄새가 나는데."

김만철 경호실장의 말처럼 대통령의 경호를 맡는 경호원들이 받는 훈련이 아니었다.

대테러 진압 훈련은 경호와 방어적인 훈련이 아닌 매우 공격적인 훈련이다.

러시아 내무부 소속 경찰특공대와 FSB가 자체적으로 운영하는 특수 공작부대인 알파부대가 하는 훈련이었다.

물론 코사크의 타격대도 강도 높은 대테러 제압 훈련을 받는다.

"김 실장님의 말처럼 공격 훈련을 한다는 것은 특별한 목적이 있는 것 같습니다."

티토브 정 또한 김만철과 생각이 같았다.

"음, 대통령 경호실이 움직인다. 일반적인 움직임이 아니야. 바이노 비서실장과 코르자코프 경호실장을 계속 관찰해. 존슨 피터의 소재도 빨리 파악하고. 조만간 모스크바에서 뭔가 벌어질 것 같은 느낌이야."

러시아 권력의 핵심인 크렘린궁의 움직임이 이상하게 흘러가고 있었다.

여기에 중부 아프리카의 CIA 팀장인 존슨 피터가 갑작스럽게 모스크바에 들어온 것도 걸리는 부분이었다.

정상적인 CIA의 자리 이동이 아닌 모종의 작전을 위해서 모스크바에 잠입한 것으로 판단됐다.

*　　　　*　　　　*

모스크바시 북쪽의 힘키에 위치한 낡은 창고 건물에는 사십 명의 인물들이 모여 있었다.

사람들의 왕래가 없는 건물로 내년에 창고를 부수고 새로운 건물을 지을 예정이었다.

그 때문에 창고로 들어오는 철문은 쇠사슬로 굳게 잠겨 있었다.

하지만 이 건물의 소유주는 미국 대사관에서 일하는 러시아 직원이었다.

"작전은 내일모레로 결정되었다. 놈이 폴란드 대사가 주최하는 만찬에 참석할 예정이다. 만찬 장소는 켐핀스키 호텔로 이곳은……."

피터와 함께 모스크바에 온 케인이 켐핀스키 호텔 주변을 찍은 사진과 지도를 보며 표도르 강 참수 작전에 대한 설명을 시작했다.

"공격에는 러시아 경찰특공대와 대통령 경호실 인원도 참여한다. 사진에서 보는 것처럼 통일된 전투 복장을 착용할 것이다. 행여 오인 사격으로 인한 서로 간의 전투를 최대한 피하기 바란다."

사진에는 러시아 경찰특공대 복장을 한 인물이 들어 있었다.

"저들도 우리의 참여를 알고 있습니까?"

대원 하나가 케인에게 질문을 던졌다.

"물론이다. 우리가 호텔 내부로 진입해 표도르 강을 제거하고 이들은 외부에서 코사크 지원을 차단할 것이다."

"탈출 루트는 어떻게 진행됩니까?"

"루트는 두 가지다. 근처 지하철을 이용해 모스크바 공항으로 이동하는 것과 모스크바강에 대기 중인 배를 타고 이동해 공항으로 가는 루트다. 각자가 상황에 맞는 방식을 이용해 모스크바 공항까지 오면 된다. 탈출이 여의치 않을 때는 류베르치의 있는 갭3로 이동해 가이드를 기다린다."

케인이 지도에 표시된 갭3를 가리키고 말했다,

갭3는 CIA의 비밀 아지트 중 하나였고, 가이드는 탈출을 돕는 인물들을 가리켰다.

"다시 한번 말하지만, 체포되는 순간 상부는 고스트의 모든 증거를 지울 것이다. 한마디로 어떤 도움도 줄 수 없다는 점을 명심하고 대응해야 한다."

케인의 말에 고스트 대원들의 표정에는 비장함이 엿보였다.

그들에게 지급되는 소지품 중 하나가 독약이었다.

탈출로가 막히고 포로가 될 수밖에 없는 상황이 되면 자결하라는 뜻이었다.

그에 대한 대가는 가족을 비롯해, 고스트 대원이 지정한 사람이나 단체에 돌아간다.

"저들로 표도르 강을 죽일 수 있을 것 같은가?"

2층에서 고스트 대원들을 바라보는 인물이 피터에게 물었다.

그는 러시아와 동유럽을 담당하고 있는 도널드 그레그 현장 책임자였다.

그는 피터보다 등급이 높은 인물이었다.

"특수부대에서 선발되어 세계의 전장을 누비며 실전 경험이 풍부한 인물들입니다. 지금껏 펼친 작전에서도 실패가 없는 팀입니다."

"체첸과 콩고는 물론 안방이라고 여겼던 뉴욕에서도 실패하지 않았나? 더구나 여긴 표도르 강의 안방이라고 불리는 모스크바야."

"그때는 저희뿐이었습니다. 하지만 지금은 크렘린에서 움직이고 있습니다. 그들이 말한 대로 오늘 내무장관인 빅토르 예린 장관이 경질되었습니다."

피터의 말처럼 갑작스럽게 예린 내무장관이 옐친 대통령

에 의해서 전격 경질되었다.

후임 내무장관은 결정되지 않았고, 트루쉰 내무차관이 임시 내무장관 역할을 맡았다.

"약속대로 움직였다고는 하지만 표도르 강의 경호원과 코사크는 만만치 않을 텐데."

"물론 고스트 팀이 표도르 강을 죽이지 못할 수도 있습니다. 하지만 이번만은 틀립니다. 저들이 죽이지 못하면 크렘린궁 놈들이 어떡하든지 표도르 강을 죽일 것입니다. 그렇지 못하면 자신들이 죽으니까요."

피터는 자신감 넘치는 말을 뱉었다.

크렘린궁의 핵심 권력을 가진 대통령 비서실장과 경호실장, 그리고 행정실장 모두가 표도르 강의 죽음을 원했다.

*　　　*　　　*

"최종적으로 경찰특공대와 제76근위공중사단의 공중강습부대를 동원할 것입니다."

"공정(공수)부대를 동원할 수 있다는 말씀입니까?"

코르자코프 대통령 경호실장이 바이노 비서실장의 말에 반색하며 물었다.

"푸틴 행정실장의 측근이 헬리본 부대의 대대장을 맡고

있었습니다. 때마침 부대가 훈련을 위해 모스크바 근교에
와 있었습니다. 우리의 일에 기꺼이 동참해 주기로 했습니
다."

"하하하! 일이 더욱 쉽게 풀리겠습니다. 표도르 강의 죽
음을 확인하는 즉시 옐친도 제거해 버리면 되겠군요."

"하하하! 물론입니다. 옐친은 표도르 강이 자랑하는 코사
크에 의해서 암살을 당하는 것이니까요."

코르자코프는 호쾌하게 웃으며 말했다.

"푸틴 행정실장의 머리에서 나온 계획대로 이루어지는
순간 러시아는 다시금 태어날 것입니다."

말을 하는 바이노의 두 눈은 강한 신념으로 가득 차 있었
다.

"하하하! 푸틴을 끌어들인 비서실장님의 공이 가장 큰 것
같습니다."

"하하하! 그런가요?"

"물론입니다. 우리의 삼각체제를 통해서 러시아는 이전
의 강함을 되찾을 것입니다."

바이노와 코르자코프는 확신에 차 있었다.

푸틴을 포함한 세 사람은 러시아의 권력을 나누어 갖기
로 합의했다.

이제 도둑맞은 러시아의 국부를 되찾는 시발점이 표도르

강의 제거로부터 시작되려는 순간이었다.

* * *

코사크 정보센터는 한밤중에도 불이 훤하게 켜져 있었다.

"미국의 대학 농구팀이 모스크바에 들어왔는데 행방이 묘연합니다."

정보분석관인 오노프의 말이었다.

"그게 무슨 말이지?"

정보분석팀을 이끄는 코지레프가 물었다.

"존슨 피터의 입국에 발맞추어 그와 연관성이 있는 단체나 인물들의 입국을 조사하는 와중 존슨 피터와 같은 날에 입국한 미국의 대학 농구팀을 발견했습니다. 코치진과 선수단을 합해 36명의 인원이었습니다. 한데 이들은 입국한 날부터 행방을 감췄습니다. 입국 목적은 러시아 농구팀과의 친선 경기를 위해서라지만, 확인 결과 어느 팀과도 경기 일정이 잡혀 있지 않았습니다."

"경기 일정도 잡히지 않는 농구팀이 입국했다. 숙박 시설은 다 확인한 건가?"

"예, 호텔을 비롯한 개인이 운영하는 숙박 시설까지 조사했지만, 이들의 모습을 찾을 수 없었습니다."

"사진은 입수했나?"

"그것도 이상합니다. 분명 모스크바 공항을 통해서 입국했지만, 누군가 손을 썼는지 공항 감시카메라에는 이들의 모습이 없었습니다."

"음, 감시카메라가 없는 VIP 통로를 이용했을 수도 있겠지. 이들이 입국한 날 근무했던 공항 관계자를 다 조사해."

"알겠습니다."

"그리고 36명의 인원이 이동하려고 했다면 분명 버스가 필요했을 거야. 공항 주차장에 머물렀던 버스들도 조사해봐."

"예."

코사크 정보분석팀이 바쁘게 돌아갈 때 정보센터로 다급한 정보가 들어왔다.

"푸틴의 오른팔이라고 할 수 있는 그라초프가 비밀리에 공중강습부대인 제76근위공중사단의 한 장교와 접촉했습니다. 장교의 이름은 티트킨 중령으로 푸틴이 KGB 시절 관계를 맺은 인물로 확인되었습니다."

"공중강습부대라면 헬리본 부대를 말하는 건가?"

정보센터장인 쿠즈민의 말에 되물었다.

"예, 수송기도 이용하지만 티트킨 중령이 맡고 있는 부대는 헬기강습부대입니다. 더구나 훈련을 위해 모스크바 근교에 부대가 와 있는 상황입니다."

"후후! 예린 내무장관의 경질에다가 헬기강습부대와 접촉했다. 푸틴이 뭔가를 착각하는 것 같은데."

예린 내무장관의 경질에 푸틴과 바이노가 관여했다는 첩보를 입수했다.

"확실히 회장님을 노리는 것 같습니다."

내 말에 김만철 경호실장이 조금은 화난 목소리로 말했다.

"예, 저희의 분석도 회장님을 제거하기 위한 모종의 움직임으로 결론을 내렸습니다."

"그럼, 주체가 바이노와 코르자코프, 그리고 푸틴이란 말인가?"

"예, 크렘린궁의 핵심 인물들이 변심한 것 같습니다."

내 물음에 쿠즈민이 대답했다.

"지금 당장 세 놈을 잡아오시지요. 우리에게 도움을 받은 놈들이 뒤통수를 치려고 해?"

김만철은 성난 표정으로 말했다.

"마음 같아서는 저도 당장 움직이고 싶습니다. 하지만 우리가 아무리 힘을 갖추고 있다 해도, 아직 일어나지도 않은 일을 갖고서는 놈들을 처리할 수 없습니다."

"그럼, 놈들이 움직일 때까지 기다리시겠다는 것입니까?"

"이번 기회를 통해 우리를 적대하는 세력을 뿌리째 뽑아야겠습니다. 다시는 이러한 일이 벌어지지 않게 말입니다. 쿠즈민 센터장은 놈들에게 동조하는 인물들을 모두 파악하게."

"예, 알겠습니다."

"옐친 대통령의 허락하에 이들이 움직이는 것은 아니겠지요?"

루슬란 비서실장의 말이었다.

"그렇지는 않을 거야. 옐친 대통령의 의도와 상관없이 놈들이 계획한 일이겠지. 대통령이 알코올성 치매를 앓고 있는데도 술을 제공하는 놈들이니까."

대통령 주치의를 통해서 옐친 대통령이 알코올성 치매를 앓고 있다는 것을 알아냈다.

알코올성 치매는 술을 과도하게 섭취해 뇌에서 기억을 담당하는 해마가 손상을 입어 기억장애가 발생하는 병이다.

그 대표적인 증상이 블랙아웃으로 필름이 끊기는 현상인 블랙아웃이 반복되면 서서히 뇌 전체에 문제가 생긴다.

옐친 대통령은 이미 알코올성 치매가 상당히 진행된 상황이었다.

"지금의 상황을 종합하면 회장님이 사라지게 될 경우 옐친 대통령 또한 이들의 꼭두각시가 되거나 제거될 가능성이 큽니다."

"맞습니다. 정 팀장님의 말처럼 내가 사라지면 옐친 대통령도 사라질 수밖에 없습니다."

티토브 정의 바라보는 관점이 정확했다.

내가 사라지는 순간 옐친은 크렘린궁에서 쫓겨나게 될 것이다.

푸틴과 바이노는 옐친을 물러날 수밖에 없는 상황으로 만들었다. 옐친은 지금 당장 병원에 입원해 치료를 받아야 할 상황이었다.

"어디서 놈들이 회장님을 노릴까요?"

"동유럽의 밤이 열리는 켐핀스키 호텔이 가장 유력할 것 같습니다."

루슬란 비서실장의 말에 김만철이 대답했다.

"저희도 켐핀스키 호텔이 가장 공격하기 적합한 장소로 여겨집니다."

쿠즈민의 말처럼 숙소인 룩오일NY 맨션과 근무지가 있는 스베르 센터는 보안이 크렘린궁에 비견될 정도로 철저했다.

헬리콥터 공격에 대비하여 대공미사일까지 갖춰져 있었다. 이곳을 타깃으로 삼기는 무리수였다.

"참석을 미루셔야겠습니다."

"제가 참석하지 않으면 놈들이 움직이지 않을 것입니다. 놈들을 제거하지 못한 상황에서는 러시아의 경제 위기를 활용하는 계획도 차질이 생길 수 있습니다. 더구나 내부의 적을 이대로 둔다면 예린 내무장관처럼 우리와 관계를 맺고 있는 인물들을 하나둘 권력 선상에서 제거할 것입니다. 지금 놈들의 손아귀에는 눈과 귀를 가린 옐친 대통령이 있습니다."

크렘린궁을 장악한 푸틴과 바이노, 코르자코프의 의해 옐친 대통령은 자신의 의사와 상관없는 일을 벌이고 있었다.

이것은 옐친 대통령에게 전달되는 정보와 보고가 왜곡되고 있다는 방증이었다.

세 사람이 움직이면 충분히 옐친의 눈과 귀를 완전히 가릴 수 있었다.

"그러면 코사크 타격대를 모두 모스크바로 불러들여야겠습니다."

"전부 불러들이면 저들이 눈치챌 수 있습니다. 최소한의 팀만 들어오도록 하십시오. 코사크가 아닌 다른 부대를 움직여야겠습니다."

"어느 부대를 말씀입니까?"

김만철이 궁금한 듯 물었다.

"저들이 나를 비롯해 옐친 대통령까지 노린다면 코사크로는 부족합니다. 해군육전대와 공수부대를 동원하지요."

러시아 태평양함대 소속 해군육전대(해병대)와 공수부대는 러시아 최정예 전력이다.

하지만 러시아 경제가 주저앉으면서 군부는 감축에 휘말렸고 식량 공급마저 원활하지 않았다.

부대 내 무기까지 팔아먹는 상황에서 코사크를 통해 해병대와 공수부대를 적극적으로 도와왔다.

더구나 러시아 태평양함대 소속 해군육전대를 거느리고 있는 아바칸츠 태평양함대 사령관과 공수부대 사령관 알렉산더 콜마노프 상장 모두 내 사람이었다.

러시아 공수부대는 다른 국가의 공수부대들과는 달리 육군이나 공군 소속이 아닌 총참모부 직할의 독립된 조직이다.

"동유럽의 밤은 내일인데 시간이 부족하지 않을까요?"

"먼저 모스크바 근교에 있는 제45스페츠나츠 연대를 동원하면 됩니다. 해병대는 크렘린궁과의 충돌을 대비해서 동원하는 것입니다."

"알겠습니다. 그럼 상트페테르부르크와 노보시비르스크
에 주둔 중인 타격대를 불러들이겠습니다."

"지금은 작전을 짤 시간적 여유조차 없습니다. 누가 먼저
모스크바와 크렘린궁을 손에 넣느냐의 싸움입니다."

분명 크렘린궁의 삼인방은 나를 제거하기 위해 상당한
병력을 동원할 것이다.

*　　　*　　　*

블라디보스토크 공항과 기차역은 중무장을 한 채 모스크
바행 열차에 오르려는 러시아 해병대 병력으로 혼잡스러웠
다.

공항에는 코사크 소속의 수송기를 비롯해 모스크바로 향
하는 다섯 대 특별기가 대기 중이었다.

모스크바 근교의 제45스페츠나츠 연대 또한 출동 준비로
분주했다.

난 비밀리에 제45스페츠나츠 연대를 방문했다.

"준비는 모두 갖추었습니다. 말씀만 하시면 모스크바로
곧장 밀고 들어가겠습니다."

공수부대 사령관인 콜마노프 상장은 자신감 넘치는 말을 했다.

그는 나의 도움이 없었다면 억울한 누명으로 인해 명예를 비롯한 모든 걸 잃어버릴 뻔했다.

감옥에서 평생을 보낼 수도 있었던 일이기 때문에 콜마노프는 내 말이라면 자신의 모든 것을 걸 수 있었다.

"정말 고맙습니다. 저들은 옐친 대통령을 볼모로 잡고 우리의 적인 CIA까지 끌어들였습니다."

나는 콜마노프에게 모스크바에 들어온 CIA 특수공작부대인 고스트의 자료와 사진을 공개했다.

미국의 대학 농구팀이 CIA의 특수공작부대라는 것은 크렘린궁에서 확인되었다.

대통령 비서실장인 바이노의 책상 안에서 발견된 자료가 코사크 정보센터로 넘어왔다.

바이노는 코사크의 정보센터의 힘을 너무 모르고 있었다.

"이건 러시아에 대한 반역입니다. 이참에 반역자들을 러시아에서 제거해야 합니다."

"물론입니다. 삼소로프 군참모총장도 우리와 함께하기로 했습니다. 스페츠나츠 연대와 해병대를 제외한 모스크바로 향하는 부대 모두는 반란군으로 간주할 것입니다."

다음 주에 로디오노프 국방장관과 삼소로프 군참모총장을 경질할 것이라는 첩보가 들어왔다.

경질 사유는 군 개혁의 부진이었지만, 두 사람 다 나와 관계를 맺고 있다는 것이 이유였다.

예린 내무장관의 경질이 갑작스럽게 결정된 것처럼 두 사람의 경질도 옐친 대통령의 결재 사인만을 앞두고 있었다.

"모스크바로 향하는 모든 길은 저희가 차단할 것입니다."

"다이네켄 공군 사령관도 협조할 것입니다. 옐친 대통령이 구출되면 모든 것이 정상으로 돌아올 것입니다."

"강 회장님이 러시아에 계시지 않았다면 이 나라는 분열되어 적들의 손에 넘어갔을 것입니다."

"사령관님과 같이 진정으로 러시아를 위하는 분들이 계시기 때문에 이 나라가 위대해질 수 있습니다. 적들은 곧 모래성처럼 무너져 내릴 것입니다."

나의 말에 콜마노프의 고개가 끄떡여졌다. 그는 진정한 군인이자 러시아를 사랑하는 남자였다.

*　　　*　　　*

트루쉰 내무차관은 고뇌에 빠졌다.

운명의 추가 어느 쪽에 기우느냐에 따라서 자신을 비롯한 가족들의 운명이 달라질 수 있었다.

크렘린궁에서 내려온 명령서에는 분명 옐친 대통령의 사인이 들어 있었지만, 뭔가가 이상했다.

"후! 표도르 강을 적대하면 무슨 일이 일어날지 모르는데. 코사크 대원들을 체포하라니……."

크렘린궁에서 직접 내려진 명령서가 내무부에 도착한 것이다.

경찰과 내무부 산하 경찰특공대를 총동원해 코사크 대원들을 체포하라는 명령서였다.

독립적인 수사권과 체포권이 있는 코사크를 국가 반란의 이유로 체포한다면 그 과정에서 엄청난 유혈 충돌이 일어날 수 있었다.

더구나 경찰보다 월등히 뛰어난 장비를 갖춘 코사크와의 전투는 막대한 희생이 따를 것이 분명했다.

"대통령의 명령을 무시할 수 없지 않습니까? 저들은 국가에 대한 반란을 꾸미고 있는 집단입니다."

강경한 어조로 말하는 바투린 모스크바 경찰국장은 바이노의 측근이었다.

"반란이란 증거가 없잖아."

"옐친 대통령께서 반란을 이야기하고 있습니다. 경찰도 아닌 놈들이 수사권과 체포권을 가진다는 것이 말이 됩니까? 코사크는 그동안 이 권한을 남용해 반란을 도모하고 있었습니다."

"코사크로 인해 범죄율이 낮아지고 치안이 달라진 것은 인정하지 않나?"

바투린의 말에 트루쉰 내무차관은 코사크의 긍정적인 부분을 말했다.

"저는 그다지 느끼지 못하겠습니다. 표도르 강은 마피아를 이용해 범죄율을 조작한 것뿐입니다. 이방인에 불과한 표도르 강을 왜 그리 두려워하십니까? 그는 반란을 이끄는 수괴에 불과합니다. 이번 기회에 놈을 제거하지 못하면 러시아는 영원히 암흑 속에 머물 것입니다."

"만약 표도르 강의 제거에 실패한다면 나와 자네가 무사할 것 같은가?"

"절대 실패하지 않습니다. 옐친 대통령의 명령으로 군대가 동원될 것입니다. 모스크바 근교에서 훈련 중인 특수부대가 우리와 함께할 것입니다. 놈의 손과 발이 되어주는 코사크만 막는다면 이 게임은 쉽게 승리할 수 있습니다. 러시아의 부와 권력을 왜 이방인에게 주어야 합니까?"

바투린의 말에 잠시 고민하던 트루쉰 내무차관이 힘겹게

입을 열었다.

"좋아. 코사크에 대한 체포를 허락하겠다. 단 표도르 강의 죽음을 확인한 후여야만 한다."

트루쉰 내무차관은 어떡하든지 안전장치를 마련하고 싶었다.

그 또한 러시아의 국부가 외국인에게 찬탈되는 상황을 분개하는 일인 중의 하나였다.

"하하하! 걱정하지 마십시오. 표도르 강의 시체를 두 눈으로 보시게 될 것입니다."

바투린 모스크바 경찰국장은 자신감 넘치는 말로 대답했다.

러시아의 권력을 잡기 위한 제2의 쿠데타가 모스크바에서 벌어지고 있었다.

Chapter 5

운명의 날을 맞이한 크렘린궁의 3인방은 밤새 자신들이
진행할 일을 점검했다.

"FSB까지 손을 썼어야 하는 것이 아닌지 모르겠습니다."

코르자코프 경호실장의 말이었다.

그가 요청했던 코사크에 대한 정보 요구를 FSB(러시아연
방보안국)가 거절했다.

코사크의 움직임을 정확히 알기 위해서는 FSB의 도움이
필요했다.

"FSB는 독립적인 부분이 강화되어 섣불리 손을 썼다가

는 오히려 우리의 계획이 노출될 수 있습니다. 오늘만 지나면 러시아는 새로운 역사가 도래합니다. 표도르 강이 사라지면 FSB도 결국 새로운 역사에 동참할 것입니다."

"바이노 비서실장님의 말이 맞습니다. 표도르 강이 기댈수 있는 것은 코사크뿐입니다. 코사크의 움직임은 경찰을 통해서도 충분히 파악할 수 있습니다. 놈들이 자랑하는 코사크 타격대는 헬리본 부대가 처리할 것입니다."

푸틴은 자신감 넘치는 말로 말했다.

"각 지역의 경찰들이 이미 코사크의 움직임을 파악하고 있습니다. 현재까지 코사크는 특별한 움직임을 보이지 않고 있습니다. 푸틴 행정실장의 말처럼 모스크바에 있는 코사크 전력으로는 우리를 막을 수 없습니다."

바이노 또한 자신감 있는 어투로 말했다.

"FSB가 움직이지는 않겠지요."

"우린 국가를 전복하기 위한 쿠데타를 준비하는 것이 아닙니다. 더구나 피를 묻히는 것은 CIA 놈들입니다. 만약 계획이 실패하더라도 놈들에게 모든 일을 뒤집어씌우면 됩니다."

지금 진행하는 일은 쿠데타가 아니었다.

러시아의 부와 권력을 좀먹고 있는 룩오일NY의 표도르 강을 제거하는 일이었다.

이는 흔들리는 러시아를 새롭게 탈바꿈하기 위한 위대한 첫걸음이다.

"CIA 놈들의 입을 열게 해서는 안 되겠군요."

"물론입니다. 놈들은 현장에서 모두 사살될 것입니다."

"하하하! 역시, 푸틴 행정실장님은 마무리까지 깔끔하게 계획하고 계시는군요."

코르자코프 경호실장은 푸틴의 말에 만족스러운 웃음을 토해냈다.

"경호실의 역할이 아주 중요합니다."

"걱정하지 마십시오. 코사크의 폭도들에 의해서 옐친 대통령께서도 운명하실 것입니다."

세 사람은 표도르 강과 옐친을 동시에 처리하기로 결정했다.

*   *   *

모스크바 근교에 자리 잡고 있는 쿠빙카 공군기지에 수송기들이 차례대로 내려서고 있었다.

수송기마다 러시아 해병대들이 긴장한 모습으로 타고 있었다.

거대 수송기인 AN—124기에는 해병대가 사용할 장갑차도 실려 있었다.

쿠빙카 공군기지에 내려선 해병대는 모두 7백여 명의 병력으로 이들은 곧장 준비된 수송트럭을 타고서 모스크바로 향했다.

모스크바 순환도로에서 해병대를 태운 트럭과 장갑차가 북쪽의 코스토크로 진입하고 있었다.

순환도로에 세워졌던 헌병대 검문소의 바리케이드는 일찌감치 치워져 있었다.

모스크바 도로순찰대도 시내로 진입하고 있는 해병대의 모습을 지켜보았다.

"군부대의 행사가 있나 보지?"

"허허! 요즘 같은 시기에 행사할 돈이 있나 보네."

"어떡할까? 상부에 보고해야 하나?"

"코사크도 아닌데 뭐 하러. 우린 코사크의 움직임만 파악하면 되잖아."

"하긴, 무슨 일인지 모르겠지만, 코사크를 왜 감시하라고 하는지 모르겠어."

"위에서 하라면 해야지. 잘못 보였다간 실업자로 전락하잖아."

경제가 어려워지자 러시아 경찰도 예산 문제로 인해서

인원 감축 이야기가 나오고 있었다.

러시아 마피아들이 코사크로 인해 활동이 축소되고 치안력이 좋아지자 경찰들의 할 일도 줄어들었다.

"어떻게들 하길래 나라가 이 모양인지 모르겠어."

"그렇게 말이야. 봉급도 오르지 않고 있는데 쫓겨날 걱정을 해야 하니. 차라리 룩오일NY에 경제를 맡겼으면 좋겠어."

"그래, 맞아, 그러면 지금보다 훨씬 좋아지겠지. 그나마 룩오일NY가 있어서 다행이지, 만약 없었다면 이 나라는 엉망이 되었을 거야."

두 경찰이 이야기를 나누는 사이 러시아 해병대는 아무런 제재 없이 모스크바 시내로 진입하고 있었다.

*   *   *

"해병대가 무사히 모스크바에 진입했습니다. 북쪽에 있는 투신스키 공사장에 대기 중입니다."

코사크 정보센터를 맡고 있는 쿠즈민의 보고였다.

투신스키는 노바닉스E&C가 사들인 땅으로 이곳에 영화관을 비롯한 복합쇼핑몰을 세울 계획을 하고 있었다.

"예상한 대로 러시아군의 이동에는 신경을 쓰지 않는군."

"예, 현재 러시아 경찰에 비상대기 명령이 내려졌습니다. 코사크의 사무실이 있는 건물마다 경찰들이 배치되어 감시를 받고 있습니다."

"좋아, 코사크가 미끼가 되어주고 처리는 스페츠나츠 연대와 해병대가 처리하도록 하면 되겠어."

"코사크는 나서지 않는 것입니까?"

내 말에 김만철 경호실장이 물었다.

"코사크는 옐친 대통령을 구출해야 합니다. 놈들이 저의 죽음을 확인하는 대로 옐친 대통령을 암살할 가능성이 아주 큽니다."

"옐친 대통령을 말입니까?"

루슬린 비서실장이 놀란 표정으로 물었다.

"저의 지시로 코사크가 옐친 대통령의 암살을 주도했다고 한다면 문제 될 것이 없습니다. 옐친 대통령의 암살을 주도한 저를 체포하는 과정에서 사살했다면 앞뒤가 맞는 이야기로 끌고 갈 수 있습니다."

"설마 했지만, 저들이 이렇게까지 나올 줄 몰랐습니다. 다들 회장님의 도움을 받은 인물들이 아닙니까?"

"돈보다 중독성이 더 강한 권력의 맛을 알게 되는 순간 자신도 모르게 더 큰 권력을 가지길 원합니다. 더구나 권력의 정점에 있는 인물의 옆에서 권력의 달콤함을 탐닉한 인물은 그 맛을 벗어날 수 없습니다."

권력의 맛을 본 뇌는 신경 전달 물질인 도파민 증가로 인해 뇌신경 세포를 흥분시켜 마약 중독과 같은 현상을 보이면서 점점 더 큰 권력을 탐하게 된다.

이는 과학적으로도 입증된 일이었다.

"정이 떨어지는 놈들입니다."

내 말에 김만철 경호실장이 인상을 찡그리며 말했다.

그의 말처럼 내 도움과 추천으로 크렘린궁에 입성한 푸틴과 바이노였다.

하지만 그들은 이제 내 도움을 비수로 갚으려고 준비 중이었다.

"이제 곧 세 사람은 잘못된 선택에 대한 심판을 받을 것입니다."

그때였다.

비서실의 여직원인 마리나가 들어와 메모지를 루슬란 비서실장에게 건넸다.

"원활한 행사 진행을 위해서 켐핀스키 호텔의 경비를 러시아 경찰이 맡기로 했다고 합니다."

켐핀스키 호텔의 경비는 코사크가 전담하기로 했었다.

"행사 당일 날 경비 계획을 바꾼다. 놈들이 경비를 서는 경찰로 위장해 공격할 수도 있습니다."

"지금 상황이라면 아예 러시아 경찰의 공격을 받을 수 있습니다."

김만철과 티토브 정의 말이 맞았다.

경비를 서는 경찰의 공격을 염두에 둬야 하는 상황이었다.

"대규모로 경호원을 대동하고 행사 참석하는 것도 문제가 되겠습니다."

러시아에서 막강한 영향력을 행사하고 있는 나였지만 여러 나라의 대사들이 참석하는 곳에 대규모로 경호원을 대동하는 것은 부담스러운 일이었다.

더구나 외국인인 내가 러시아에서 과도한 권력과 부를 행사하고 있다는 이미지를 외부에 보이는 것은 좋은 일이 아니었다.

"놈들이 이래저래 많은 것을 노리는 것 같습니다."

루슬란 비서실장의 말이 맞았다.

놈들은 처절하게 모든 상황을 계산해 놓고 움직이고 있었다.

"아무래도 지금 같은 상황에서는 참석을 미루시는 것이 좋을 것 같습니다."

김만철 경호실장이 다시 한번 행사 불참을 권유했다. 그에게 있어서 최우선은 나의 안전이었다.

"이번 행사는 폴란드 대사가 주최하지만, 동유럽의 밤은 룩오일NY가 후원하는 행사입니다. 우리와 협력하는 나라와의 유대관계를 위해서도 행사는 참석해야 합니다."

동유럽의 밤은 동유럽 국가들의 돌아가면서 일 년에 한 번씩 여는 행사였다.

이 행사에 룩오일NY가 재작년부터 후원하고 있었다.

동유럽의 밤은 사십여 나라의 대사들과 러시아에 진출해 있는 외국 기업들의 대표, 그리고 러시아 기업의 대표들이 대거 참석하는 행사로 커졌다.

룩오일NY가 동유럽 시장으로 영향력을 넓혀가는 상황에서 행사 참석은 당연했다.

"문제는 켐핀스키 호텔 구조는 공격을 받으면 반격하거나 탈출을 하기에 여의치가 않습니다. 지도에서 보시는 것처럼 남쪽과 북쪽을 차단하면 외부에서의 접근도 여의치가 않습니다. 호텔 전면의 모스크바강도 움직임을 제약하는 조건입니다."

티토브 정이 켐핀스키 호텔 주변을 확대한 지도를 가리키며 말했다.

고풍스러운 옛 기차역 건물을 개조한 켐핀스키 호텔은 크렘린궁이 있는 붉은 광장과는 얼마 떨어지지 않은 곳에 자리 잡고 있었다.

"돔형 지붕으로 인해 헬리콥터 또한 이용할 수 없는 구조입니다."

"음, 놈들을 움직이게 해야 크렘린궁의 3인방을 처리할수 있습니다. 저녁 행사 때 호텔 내 투입되는 요원은 몇 명입니까?"

"호텔 직원으로 위장한 12명이 주방과 연회실에 배치될 예정입니다."

티토브 정이 대답했다.

"코사크가 경비를 맡을 수 없는 상황이니, 호텔 내 인원을 최대한 늘리도록 하시지요. 그리고 전투가 발생하면 즉각적으로 놈들을 제압해야 합니다. 행사에 참석한 인물들의 안전을 위해서라도 말이죠."

"후! 정말 쉽지 않은 일이 될 것 같습니다. 회장님의 안전도 장담 못 하는 상황에 참석자들까지 신경을 써야 하니 말입니다."

김만철 비서실장은 큰 한숨을 내쉬며 말했다. 그의 말처럼 쉽지 않은 일이었다.

"지금까지 쉬운 일은 없었잖습니까. 내가 움직여야 놈들도 움직입니다."

내가 행사에 참석하지 않으면 크렘린궁의 3인방은 움직이지 않을 것이 분명했다.

3인방이 움직여야 놈들을 제거할 수 있었다.

*　　　*　　　*

"예상대로 놈은 오늘 밤 켐핀스키 호텔로 온다."

피터는 기다리던 연락을 받았다.

"호텔 내로 진입해 놈을 제거하기에는 부담이 큽니다. 각 나라의 대사들과 기업인들도 전투에 휘말릴 수 있습니다."

고스트 부대를 이끄는 케인의 말이었다.

"걱정하지 마. 우린 체첸의 테러리스트일 뿐이야. 체첸 놈들이 모든 걸 뒤집어쓸 것이니까. 최대한 놈을 노려야겠지만 여의치 않으면 호텔을 아예 날려 버려."

"체첸의 테러리스트라. 왠지 기분이 쓸쓸한데요."

"그 쓸쓸함의 보상은 1천만 달러의 현금으로 채워질 거야. 놈의 죽임이 확인되면 곧바로 비밀번호를 알려주지."

피터가 케인에게 내민 것은 1천만 달러가 들어 있는 스위스 은행의 계좌번호였다.

"하하하! 이번 일 하나로 모든 걸 정리할 수 있겠습니다."

케인은 피터가 건네준 계좌번호를 보며 환한 웃음을 지었다.

천만 달러면 은퇴 후의 삶을 걱정할 필요가 없었다.

"하하! 놈을 제거하고 이 돈으로 여생을 마음껏 즐기라고. 그리고 부하들에게도 전하게. 놈을 제거하는 친구에게는 3백만 달러가 주어진다고 말이야."

작전에 참여하는 고스트 대원들 각자에게 나라에서 주어지는 월급 외에 오십만 달러라는 거금을 주기로 했다.

나라를 위하는 애국심이 투철한 인물들에게 생각 이상의 돈까지 주어지자 사기가 드높았다.

"하하하! 이런 보너스라면 목숨을 아끼지 않고 놈을 제거할 것입니다."

"그래야지. 놈을 반드시 제거하지 못하면 우리가 죽는다는 것을 꼭 명심하게."

"물론입니다. 저도 이 돈을 마음껏 쓰고 싶으니까요."

계좌번호가 적인 메모지를 흔들며 말하는 케인의 눈은 불타올랐다.

*　　　*　　　*

코사크는 비상 사태를 대비해 모든 대원들이 중무장한 채로 대기 중이었다.

코사크 타격대 4개 팀은 일찌감치 경찰의 눈을 피해서 룩오일NY의 산하 계열사 건물에 흩어져 있었다.

명령이 내려오는 순간 코사크 타격대는 켐핀스키 호텔과 크렘린궁으로 향할 것이다.

"샤샤가 큰일을 해주었습니다."

김만철이 동유럽의 밤 행사에 참석하기 위해 차에 오르는 나를 보며 말했다.

"마피아는 코사크가 보지 못하는 것을 볼 수도 있습니다."

차 문이 닫히자 벤츠 최고급 모델인 마이바흐가 천천히 움직이기 시작했다.

마이바흐는 저격용 총알은 물론 탄도무기나 고성능 폭탄이 터져도 탑승자를 보호할 수 있도록 차체와 내장재가 티타늄과 특수강철, 탄소섬유, 세라믹 등 첨단 소재로 설계되었다.

고도의 통신 장비와 긴급 의료 장치까지 갖춘 마이바흐는 미국과 러시아의 대통령이 타는 차와 동급 이상의 성능을 자랑했다.

몬스터라 불리는 마이바흐가 움직이자 앞뒤로 십여 대의 경호 차량이 뒤따랐다.

Chapter 6

　―표도르 강이 둥지를 떠났다.

　스베르 광장과 연결되는 도로에서 교통정리를 하던 경찰이 어디론가 무전을 보냈다.

　도로에 있는 경찰들은 표도르 강이 탄 차량 행렬을 보내기 위해 차들을 멈춰 세웠다.

　"표도르 강이 켐핀스키 호텔로 출발했다고 합니다."

　크렘린궁의 지하에 마련되어 있는 전시 종합지휘실에 푸틴과 바이노가 함께하고 있었다.

코르자코프 대통령 경호실장은 경호실 인력으로 구성된 전투 인력을 직접 지휘하기 위해 켐핀스키 호텔 근처에 머물고 있었다.

40명으로 구성된 병력은 10일간 강도 높은 훈련을 진행해 왔다.

경호 인력이라고는 하나 대부분 이날을 위해서 추가로 코르자코프 경호실장이 뽑아둔 인원이었다.

이들의 일차적인 목적은 표도르 강의 제거였지만 러시아 경찰특공대와 함께 CIA의 고스트 부대도 처리할 예정이었다.

"이제 판도라의 상자가 열렸습니다. 거기서 무엇이 나올지는 코르자코프 실장의 손에 달렸습니다. 그가 잘해내겠지요?"

"걱정하지 마십시오. 표도르 강은 켐핀스키 호텔에서 절대 빠져나올 수 없습니다. 그곳이 놈의 무덤이 될 것입니다."

바이노의 말에 푸틴은 확신에 찬 말투로 말했다.

"음, 그렇겠지요. 한데 코사크의 움직임이 너무 조용하다는 것이 걸립니다."

"그만큼 우리의 움직임이 빨랐기 때문입니다. 코사크가 움직인다고 해도 상황이 이미 끝난 후가 될 것입니다. 표도르 강의 죽음을 확인하는 순간, 술에 취해 허우적거리는 옐친을 처리하면 러시아는 우리의 손안으로 들어옵니다."

말을 하는 푸틴의 눈은 흔들림이 전혀 없었다.

"헬리본 부대는 언제 투입할 것입니까?"

"CIA 놈들의 공격이 시작되면 곧장 켐핀스키 호텔과 코사크 본부로 향합니다. 마무리는 헬리본 부대가 깔끔하게 처리할 것입니다."

푸틴이 전면 스크린에 표시된 모스크바 지도를 가리키며 말했다.

CIA 고스트 부대의 공격을 시작으로 이중, 삼중으로 표도르 강을 공격할 예정이었다.

"음, 이 정도면 확실히 놈을 제거할 수 있겠습니다."

푸틴의 말에 긴장된 바이노의 표정이 조금은 누그러졌다.

불사조라고 소문이 난 표도르 강을 목표로 1년여를 비밀리에 준비해 온 일이었다.

표도르 강의 사람으로 여겨졌던 푸틴이 오히려 표도르 강을 제거하는 데 앞장섰기 때문에 시간이 앞당겨진 것이다.

*　　　　*　　　　*

켐핀스키 호텔에 가까워질수록 경찰들의 숫자가 확연히 늘어나는 것이 보였다.

국가 원수가 러시아를 방문했을 때보다도 도로 주변의 경찰들이 많아 보였다.

"저들을 다 상대하지는 않겠지요."

차 안에서 자동소총을 점검하는 김만철이 말했다.

"도로에 있는 경찰들은 아마도 코사크를 차단하기 위한 목적이 클 것 같습니다."

주변을 살피는 티토브 정이 말했다. 그 또한 자동소총을 손에 들고 있었다.

몬스터의 앞뒤를 경호하는 차량에 탑승한 경호 인력들도 방탄조끼를 착용하고 자동소총을 손에 들고 있었다.

특별히 선발된 경호 인력들은 실전 경험이 풍부하고 사격 실력이 뛰어난 인물들이었다.

"코사크를 막기 위한다고는 하지만 정말이지 모스크바 경찰의 절반이 이곳에 몰려온 것 같습니다."

과도할 정도로 많아 보이는 경찰차들은 일반 차량의 통행을 방해할 정도였다.

"러시아 경찰들로는 우리를 막을 수 없을 것입니다. CIA 놈들과 대통령 경호실이 관건입니다."

내 말에 자동소총의 점검을 마친 김만철 경호실장이 말

했다.

그의 말처럼 전투력이 떨어지는 경찰로는 코사크를 막아 낼 수 없었다.

물론 경찰특공대가 있지만 그들의 전투력 또한 코사크 타격대에 미치지 못했다.

"불리한 조건에서 전투를 벌일 필요는 없습니다. 우리에게 유리한 곳에서 싸움을 끝내야지요."

"한데 놈들이 대사들과 기업인들이 모인 곳을 정말로 공격할까요?"

티토브 정이 물었다.

40여 개 나라의 대사들과 러시아에서 영향력이 큰 기업인들이 모인 자리를 공격한다는 것은 큰 문제를 일으킬 수 있을 뿐만 아니라 정치적인 부담감이 상당했다.

"우리가 아는 상식으로는 가능하지 못한 일입니다. 하지만 놈들은 상식을 무시하는 놈들이니 문제인 것입니다. 아마도 누군가에게 이번 일을 뒤집어씌울 가능성이 큽니다."

"맞습니다. 지금껏 회장님을 노렸던 놈들치고 정상적인 인물이 없으니까요. 정상적이라면 회장님을 노린다는 것이 얼마나 후회스러운 일인지 알 테니까요."

김만철의 말처럼 나를 노렸던 인물들은 주변 상황까지 고려해서 움직이지 않았다.

누군가가 피해를 보든 아픔을 당하든 하등 문제가 될 것이 없는 것처럼 행동했다.

"오늘 이후로 러시아는 알게 될 것입니다. 진정한 힘의 차이를 말입니다."

오늘 벌어진 일을 통해서 러시아의 정치와 군사 분야까지 손볼 계획이었다.

시대의 흐름을 읽지 못해 칭기즈칸이 세운 몽골제국에 대항했던 옛 러시아의 최후가 얼마나 비참했는지를 다시금 깨닫게 해줄 것이다.

─표도르 강이 도착하고 있습니다.

켐핀스키 호텔 오른편에 있는 건물에서 지켜보던 피터에게 무전이 들어왔다.

"저격할 수 있겠나?"

망원경으로 차량의 행렬을 바라보는 피터가 물었다.

─위치가 애매합니다. 경호원들이 완전히 놈을 감싸고 있어서 실패할 확률이 높습니다.

켐핀스키 호텔 주변에는 건물들이 적어 저격수를 배치하기가 힘들었다.

호텔의 입구가 모스크바강을 바라보고 있어서 측면에서도 저격하기가 힘들었다.

더구나 저격에 대비한 것인지 측면은 누군가에 의해서 가림막이 세워져 있었다.

"알았다. 계획한 대로 진행한다."

명령을 내리는 피터는 긴장 때문인지 눈꼬리가 파르르 떨렸다.

"모두 준비해. 2분 후에 공격한다."

케인의 명령에 주차장에 대기하고 있던 고스트 대원들이 복면을 뒤집어썼다.

이들은 켐핀스키 호텔이 손님들을 실어 나르는 버스에서 대기하고 있었다.

열 명의 인원은 러시아 경찰로 위장해 호텔 근처에서 대기 중이었다.

"표도르 강이 호텔에 도착했다고 합니다."

"좋아, CIA 놈들이 표도르 강을 공격하면 우리도 움직인다. 외각을 맡은 경찰특공대에게도 준비하라고 전해. 단 한 놈도 호텔을 살아서 빠져나가지 못하도록 말이야."

부하의 말에 코르자코프 대통령 경호실장이 명령했다.

코르자코프는 켐핀스키 호텔 객실에 머물며 상황을 파악하고 있었다.

"알겠습니다."

부하 직원이 코르자코프의 말에 바로 무전기를 들었다.

CIA의 고스트가 아래에서 치고 들어가면 코르자코프가 이끄는 대통령 경호실 팀은 위에서 아래로 공격하는 전략을 세웠다.

이를 위해 호텔의 7층을 통째로 빌려놓았다.

"후후! 오늘로써 표도르 강의 신화는 끝이 나는군."

켐핀스키 호텔로 들어서는 순간 표도르 강은 빠져나갈 곳이 없었다.

작전이 시작되면 호텔로 향하는 모든 도로와 길은 러시아 경찰과 경찰특공대에 의해서 차단된다.

CIA와 경호실 공격팀을 표도르 강의 경호원들이 막아낸다고 해도 헬리본 부대가 호텔을 공격할 예정이었다.

일백여 명에 달하는 특수부대의 공격은 그 누구도 쉽게 막아낼 수 없었다.

"이제 슬슬 체첸 테러리스트를 처리해 볼까."

켐핀스키 호텔을 공격하는 CIA의 고스트 부대는 체첸의 강경파 테러리스트였다.

이들을 제압하는 과정에서 표도르 강은 안타깝게도 죽임을 당하는 것일 뿐이다.

차 안에서 내리자 미리 차에서 내린 경호원들이 나를 감싸며 호텔 안으로 빠르게 들어갔다.

호텔 로비에는 동유럽의 밤에 참석하기 위한 인물들로 붐볐다.

"이렇게 뵙게 되어 영광입니다. 7층에 대통령 경호실의 인물들이 대기하고 있습니다."

나를 아는 척하며 반갑게 맞이한 인물이 인사를 건네며 말했다.

그는 FSB에서 파견된 요원이었다.

"후후! 우리를 맞이할 준비를 다 갖추었네요. 그럼 우리도 시작하지요."

나의 말에 옆에 있던 티토브 정이 움직였다. 그를 따라서 다섯 명의 경호원들도 함께 뒤를 따랐다.

그들의 손에는 모두 묵직한 가방을 들고 있었다.

경호 차량을 운전하는 운전사들 외에 호텔 내로 스무 명의 경호원이 들어온 상태였다.

켐핀스키 호텔 내에도 18명의 경호 요원들이 미리 들어와 있었다.

연회실이 있는 2층으로 올라가 각국의 대사들과 간단히 인사를 나누었다.

"잠시만 실례를 하겠습니다."

"예, 다녀오십시오."

체코 대사와 인사를 한 후 화장실로 향했다.

화장실로 들어서자 맨 왼쪽에 문이 열려 있었고, 호텔 내 시설 관리 직원으로 보이는 인물이 모자를 눌러쓴 채 변기를 살피고 있었다.

나는 곧장 시설 관리 직원에게로 향했다.

"시작하지."

내 말에 시설 관리 직원은 모자를 벗었다.

그러자 나와 똑같은 모습을 한 인물이 내 눈앞에 서 있었다.

최대한 나와 같게끔 변장을 한 상태였다.

완벽하게 똑같지는 않지만, 자세히 보지 않는 한은 구별하기가 쉽지 않았다.

그 또한 FSB의 요원으로 키와 체형까지 나와 비슷했다.

FSB 요원은 자신이 입고 있던 작업복을 벗어서 나에게 건넸고, 난 내가 입은 재킷과 바지를 그에게 건넸다.

작업복을 입은 내가 FSB 요원이 갖다 놓은 연장과 공구 가방을 챙기는 사이, 나로 분장한 FSB 요원은 경호원들과 함께 연회실로 다시 향했다.

"옷이 아주 잘 어울리십니다. 이쪽으로 나가셔도 괜찮을 것 같습니다."

김만철은 작업복을 입은 날 보며 말했다.

"이곳에서 나가면 고려해 보죠. 이제 가시죠."

김만철 또한 켐핀스키 호텔 직원 복장으로 갈아입었다.

"놈이 연회장에 입장했다. 공격해!"

표도르 강이 연회장에 입장한 것이 확인되자 피터의 명령이 떨어졌다.

호텔 주변과 주차장에서 대기하던 고스트 대원들이 일제히 켐핀스키 호텔로 난입해 들어갔다.

호텔로 들어가는 문은 정문과 식자재와 비품을 실어 나르는 후문이 있었다.

고스트 대원들은 이미 파악한 동선을 따라 빠르게 진입하기 시작했다.

타타다탕! 다다타탕탕!!

정문에서 경비를 서던 러시아 경찰들은 자동소총으로 무장한 고스트 대원에 놀라 총을 빼려고 했지만, 순식간에 제압을 당했다.

타다다탕탕!

정문과 후문에 배치된 경찰들은 고스트의 존재를 알지 못했다.

이들은 순수하게 경비를 서기 위해 파견된 인물들이었다.

쾅!

로켓포에 의해 호텔 정문이 그대로 박살이 났다.

모든 것이 순조로웠다.

정문이 박살 나며 고스트 대원들이 안으로 진입하려는 순간이었다.

펑! 펑!

호텔 로비에 섬광탄과 연막탄이 여기저기서 터지기 시작했다.

매캐하고 자욱한 연기와 강렬한 불빛으로 인해 고스트 대원들은 빠르게 앞으로 나아가지 못했다.

"2층으로 가!"

총알은 날아오지 않았지만, 쉽사리 전진할 수 없었다.

김만철과 함께 화물 엘리베이터를 타고 지하 2층에 있는 공조실에 도착하는 순간 건물이 미세하게 흔들리며 천장에서 먼지가 떨어져 내렸다.

"놈들이 공격을 시작했나 봅니다."

"우리도 빨리 입구를 열지요."

나의 말에 김만철은 낡은 설계도에 표시된 장소로 이동

했다.

이 설계도는 말르노프의 샤샤가 건네준 것이다.

러시아 마피아들이 불법 무기와 마약을 숨기기 위한 안전 장소를 마련하기 위해 찾아낸 설계도였다.

이 설계도가 말르노프 조직에 입수된 것이다.

대형 보일러가 있는 뒤쪽으로 공구와 부품을 보관하는 철제 캐비닛 3개가 보였다.

"이쪽이 맞는 것 같은데."

김만철이 설계도를 보며 말했다.

"확실합니까?"

"예, 이쪽에 문이 나 있는 것으로 표시되어 있습니다."

"그럼, 이걸 치워보지요."

무거운 철제 캐비닛을 옆으로 옮기자 그 뒤로는 커다란 철문이 자리 잡고 있었다.

철문은 쇠사슬로 잠겨 있었다.

이곳은 2차세계대전 방공호로 쓰였던 장소로 기차를 운행했던 지하 선로와 연결된 장소였다.

켐핀스키 호텔은 고풍스러운 옛 기차역을 개조해서 만든 호텔이었다.

이 때문에 2차세계대전 때 물자 수송을 위해 비밀리에 만든 지하 선로는 모스크바 지하철과도 연결되어 있었다.

철커덩!

김만철에 의해 낡은 쇠사슬이 절단기로 잘려져 나갔다.

문을 잠그는 잠금장치까지 위로 올라가자 육중한 철문이 서서히 열리기 시작했다.

철문이 활짝 열리자 문 뒤쪽으로 중무장한 코사크 타격대 2개 팀이 우리를 맞이해 주었다.

Chapter 7

50명의 코사크 타격대는 빠르게 위층으로 향했다.

동유럽의 밤에 참석한 각국의 대사와 유력 인사들을 구출해야만 하기 때문이다.

호텔 내에도 적지 않은 민간인이 있었다.

"정말이지 못 말리겠습니다."

타격대에게 자동소총을 건네받은 나를 보며 김만철이 고개를 설레설레 저었다.

호텔을 떠나길 바라는 김만철의 뜻에 난 따르지 않았다.

"제가 모험가 기질이 있나 봅니다."

"이건 모험가가 기질이 아니라 죽음을 찾아다니는 것입니다."

나와 함께 지하 1층으로 향하는 김만철이 투덜거리듯 말했다.

띵!

7층 엘리베이터의 문이 열리자 그 앞을 지키던 세 명의 인물들이 자동소총을 겨누었다.

"죄송합니다."

"청소를 하려고……."

청소용 카트를 앞에 둔 두 명의 호텔 여직원이 깜짝 놀라며 말을 더듬었다.

"여긴 됐으니까. 다른 곳을 하시오."

겨누었던 총을 내리며 말하는 대통령 경호실 요원을 본 두 여자는 재빨리 엘리베이터의 버튼을 눌렀다.

"예, 알겠습니다."

그때였다.

덜컹!

엘리베이터의 전원이 나가면서 문이 닫히지 않았다.

"문이……."

당황스러운 표정의 두 여인은 경호실 요원을 애처롭게

바라보았다.

"반대편 비상구를 통해서 내려가시오."

짙은 선글라스를 쓴 인물이 왼쪽을 가리키며 말했다.

"죄송합니다."

두 여직원은 청소용 카트를 밀며 엘리베이터를 나섰다. 호텔 복도의 양쪽을 살핀 두 여자는 카트를 왼쪽으로 밀었다.

대통령 경호실 요원들이 원래의 자리로 갈 때였다.

청소 카트를 밀던 두 여자의 손에 어느 순간 소음기가 달린 권총이 들려 있었다.

슝슝! 슝!

등을 보이던 세 사람을 향해 총알이 정확히 날아갔다.

반격할 틈도 없이 총에 맞은 대통령 경호실 요원들은 호텔 복도에 나뒹굴었다.

타다타다탕! 드르르륵!

3층과 4층 사이에서는 공방이 치열했다.

위층에서 내려오던 대통령 경호실 경호대가 티토브 정이 이끄는 룩오일NY 경호팀에 막히고 말았다.

수류탄을 던지려 했던 경호대 요원은 티토브 정이 손에 든 유탄발사기에 뒤쪽으로 처박혔다.

콰— 쾅! 쾅!

그 순간 복도와 계단은 유탄발사기와 수류탄으로 인한 파편과 섬광으로 뒤덮였다.

다시금 3층으로 진입하려던 시도가 실패한 것이다.

좁은 공간에 설치된 폭탄과 유탄발사기에 의해 기습을 노렸던 대통령 경호대들은 낭패를 당하고 있었다.

이미 4층 계단에 설치된 폭탄으로 인해 경호대 요원들이 상당수 희생되었다.

폭탄을 설치한 것은 호텔에 잠입했던 FSB 요원들이었다.

러시아연방보안국(FSB)은 확실하게 내 편에 섰다.

"타격대가 도착했습니다."

"제시간에 와주었군. 아래층 상황은?"

"타격대의 지원으로 연회실에 모여 있던 사람들을 지하로 피신시키고 있습니다."

"회장님은 피신하셨나?"

"지하 1층에서 부상자들을 돕고 있습니다."

"여전하시군. 자! 우리도 후퇴한다."

티토브 정의 말에 계단을 막고 있던 대원들이 일사불란하게 아래로 내려갔다.

기습적인 공격으로 대통령 경호대 요원들은 적지 않은 사상자가 나왔지만, 룩오일NY 경호 대원은 2명만이 가벼

운 상처를 입었을 뿐이었다.

티토브 정과 경호 대원들이 3층을 비웠지만, 대통령 경호
대 요원들은 섣불리 움직일 수 없었다.

타다타탕! 타다다다탕!

피—융 파파파퍽!

빗발치는 총탄이 쏟아지는 호텔 로비에 갇힌 고스트 대
원들은 쉽게 연회실 쪽으로 접근할 수 없었다.

몸을 숨긴 벽과 기둥마다 총탄이 튀며 불꽃이 피었다.

호텔에 들어서자마자 터진 섬광탄과 연막탄으로 시간을
빼앗겼다.

더구나 호텔 직원이라고 안심하던 인물들에게 총격을 당
해 선두에 섰던 고스트 대원 일곱이 쓰러졌다.

예상했던 것보다 거센 저항이었다.

마치 기습을 기다렸다는 듯이 오히려 고스트를 습격한
모양새였다.

"빨리 전진해! 여기서 시간을 보낼 수 없어."

"놈들의 저항이 너무 거셉니다."

고스트를 이끄는 케인의 말에 앞쪽에 있던 대원이 답했
다.

"놈들은 빠져나갈 구멍이 없어. 왼쪽을 집중적으로 공격해!"

케인의 말에 여섯 명의 대원이 왼쪽을 향해 집중적으로 사격했다.

다타다탕다탕! 다르르륵!

퍼퍼퍽!

2층 난간이 박살 나면서 대응사격을 하던 룩오일NY 경호 대원들이 뒤쪽으로 물러나는 것이 보였다.

쾅!

수류탄까지 터지자 더는 총소리가 나오지 않았다.

"좋아! 진입해."

타다다탕탕!

케인의 선두에 있던 다섯 명이 총을 난사하며 연회실이 있는 2층으로 올라섰다.

2층에는 호텔 종업원과 행사 진행 요원들로 보이는 시체들이 있었다.

하지만 자신들과 전투를 벌였던 인물들의 모습이 보이지 않았다. 대신 바닥에는 무수한 탄피와 함께 핏자국이 여기저기 보일 뿐이었다.

─2층을 접수했습니다. 놈들이 후퇴한 것 같습니다.

"빨리 연회실을 확인해. 표도르 강을 반드시 잡아야 한다."

무전기를 통해 전달된 고스트 대원의 말에 케인이 명령

을 내렸다.

로비를 장악한 고스트 대원들은 2층으로 빠르게 올라섰다.

"서둘러라! 놈들을 놓치면 안 돼!"

3층을 확보한 대통령 경호대 요원들은 예상보다 늦어진 시간에, 빠르게 2층으로 향했다.

그들이 밑으로 내려오는 순간 자동소총을 든 인물들이 눈에 들어왔다.

확인할 필요도 없이 총격을 가했다.

타타다다탕! 다다타타탕!

굳게 닫힌 연회실의 문을 열기 위해 폭탄을 설치하던 고스트 대원 세 명이 총격에 쓰러졌다.

"저놈들을 막아!"

3층에서 이어진 양쪽 계단에서 나타난 대통령 경호대 요원들을 향해 케인이 소리쳤다.

서로 간의 약속된 것은 모두 무시된 상황이었다.

이제는 총을 들고 있는 모두가 적이었다.

띠링! 띠링!

"뭐냐? 확인해 봐."

코르자코프 대통령 경호실장이 신경질적으로 반응하며 말했다. 예상과 달리 작전이 원활하게 진행되지 않고 있었기 때문이다.

코르자코프의 말에 문 앞으로 향한 인물들이 문구멍으로 밖을 확인했다.

문 앞에는 청소 도구를 들고 있는 여자 둘이 서 있었다.

"청소를 부탁한 적이 없으니까, 그냥 가시오."

띠링! 띠링!

사내의 말에도 아랑곳하지 않고 벨을 눌렀다.

"밖에 있던 놈들은 뭐 하는 거야?"

코르자코프가 소리를 지르자 문 앞에 있던 사내가 문을 열었다.

두 여자를 가만두지 않을 심산이었다.

"그냥 가라고 했……."

사내는 말을 끝까지 할 수 없었다.

그의 이마에 겨눈 소음 권총 때문이었다.

"뭐 하는 거냐?"

뒤로 물러나는 사내를 보며 코르자코프가 말을 하는 순간이었다.

객실을 담당하는 직원 복장을 한 여자가 안으로 걸어 들어오며 소음 권총을 연달아 쏘았다.

슝! 슝!

코르자코프 뒤에 있던 두 명의 경호 요원이 총을 꺼내는 순간 이마와 심장에 동전만 한 구멍이 뚫리며 바닥에 쓰러졌다.

놀라울 정도로 정확한 사격 솜씨였다.

슝!

뒤로 물러나던 사내 또한 이마를 겨눈 여인의 손에 운명을 마감했다.

테이블에 앉아 통신 장비를 다루고 있던 사내는 순식간에 벌어진 상황에 움직임을 멈출 수밖에 없었다.

"너흰 누구냐?"

코르자코프 경호실장은 지금 상황이 믿어지지 않았다.

"코르자코프! 당신을 국가원수 살해 모의와 국가 전복 시도 혐의로 체포한다."

소음 권총을 들고 여인 중 하나가 FSB 신분증을 내밀며 말했다.

＊　　　＊　　　＊

―작전 성공! 표도르 강이 사망했다.

"시체를 확인했나?"

크렘린궁 종합상황실에서 소식을 기다리고 있던 바이노 비서실장이 다시 물었다.

―시체를 확인했다. 표도르 강은 연회실에서 총격을 받고 사망했다.

"코르자코프 경호실장을 바꿔라."

바이노의 옆에 무전을 듣고 있던 푸틴이 말했다.

―코르자코프요, 표도르 강의 시체를 방금 확인했소.

코르자코프 비서실장의 목소리였다.

"놈이 확실합니까?"

푸틴은 다시금 물었다.

―확실합니다. 다음 작전으로 들어가시오.

미세하게 떨리는 코르자코프의 목소리를 푸틴은 알아채지 못했다. 더구나 그의 머리에 겨누어진 권총에 대해서는 더더욱.

"알겠습니다. 수고하셨습니다."

표도르 강의 죽음이 너무 쉽게 느껴졌지만, 켐핀스키 호텔에서 지휘를 하고 있는 코르자코프의 말을 믿을 수밖에 없었다.

"하하하! 드디어 러시아가 우리의 손아귀에 들어왔습니다."

바이노는 기쁨의 웃음을 토해냈다.

"아직은 아닙니다. 코사크와 FSB를 신속하게 처리해야 합니다."

말을 하는 푸틴의 눈매가 날카로웠다.

"그럼 이제, 헬리본 부대를 투입해야겠습니다."

"예, 명령을 내리겠습니다. 코사크와 FSB를 정리한 후에 옐친을 처리해야겠습니다."

"하하하! 술주정뱅이 옐친은 언제든지 처리할 수 있으니까요."

푸틴의 말에 바이노는 자신감 넘치는 웃음소리를 토해냈다.

*　　　*　　　*

코사크 타격대의 도움으로 지하 1층으로 대피한 사람들은 지하 2층으로 내려가 지하 선로를 통해서 호텔을 빠져나갔다.

"2층에서 치열한 전투가 벌어지고 있습니다."

코사크 타격대를 이끄는 글렙 팀장의 말이었다.

지하 1층을 확보한 코사크 타격대는 작전을 변경했다. 먼저 부상자와 호텔 내에 있는 민간인들을 외부로 피신시키는 일을 진행했다.

로비와 2층 연회실을 확보하기 위한 작전을 펼치려는 순간 CIA의 고스트와 대통령 경호대가 충돌한 것이다.

피차 아군 식별이 되지 않는 혼돈의 상황에서 벌어진 일이었다.

"오히려 우리에게 잘된 일이지. 우린 어부지리를 얻으면 되니까."

내가 말을 끝내는 순간 무전이 들어왔다.

─코르자코프를 확보했다. 그림자 작전은 예정대로 진행 중이다.

"FSB가 성공적으로 작전을 수행했습니다."

"놈들이 코사크에 집중한 결과겠지. 좋아, 이제 호텔을 다시금 되찾아."

내 명령이 떨어지자 코사크 타격대의 반격이 시작되었다.

*   *   *

모스크바 외곽에 위치한 공터에 십여 대의 Mi─17 다목적 수송 헬리콥터의 프로펠러가 힘차게 돌아가고 있었다.

그 앞으로는 제76근위공중사단 헬리본 부대 수백 명이 완전무장을 한 채 대기 중이었다.

"크렘린궁에서 명령이 떨어졌다. 우린 모스크바로 들어가 반란군을 제압한다. 반항하는 인물들은 체포하지 않고 사살해도 좋다."

부대를 이끄는 티트킨 중령은 긴장된 표정으로 말했다.

자신의 운명이 이번 일로 바뀌기 때문이다.

대통령 행정실장인 푸틴은 티트킨을 중장으로 승진시킨 후 러시아가 자랑하는 공수군을 맡기기로 했다.

"코사크만 처리하면 되는 것입니까?"

"우린 코사크만 맡는다."

부관의 말에 티트킨 중령이 답하는 순간 요란한 사이렌 소리와 함께 수십 대의 차량이 공터로 달려오는 것이 보였다.

"뭐지?"

헬리콥터에 올라타기 위해 대기하고 있던 병사들이 자신들 쪽으로 달려오는 차량을 보며 웅성거렸다.

사이렌 소리를 내며 달려오는 차들은 러시아 헌병대였다.

"모두 전투 준비! 놈들은 반란군이다!"

티트킨은 당황스러워하는 부대원들을 향해 소리쳤다.

티트킨의 명령에 부대원들은 자기들끼리 웅성거리며 혼란스러워했다.

"총을 들어!"

다시금 티트킨이 소리치자 몇십 명의 부대원이 자동소총을 들며 달려오는 차량을 겨누었다.

그때였다.

동쪽 숲 위로 4대의 공격 헬기가 나타나며 당장에라도 공격할 것 같은 위협적인 비행을 했다.

─총을 모두 버려라! 1분 내로 총을 버리지 않으면 공격하겠다.

러시아 헌병대 차량에 달린 확성기에서 들려온 소리였다.

─다시 한번 말한다. 국가 반란 혐의로 너희를 모두 체포한다. 경고한다! 헬리콥터의 로터를 꺼라! 헬기가 공중에 뜨는 순간 격추할 것이다.

다시금 들려오는 경고 방송에 헬리본 부대원들은 놀란 표정들을 감추지 못했다.

자신들이 반란군을 제압하러 가는 거로 알고 있었다.

"놈들을 막아! 저들의 말에 속아 넘어가지 마!"

티트킨 중령은 소리를 지르며 가장 가까운 헬리콥터에 탑승했다.

"당장 띄워!"

"격추한다고 하는데요."

헬기 조종사는 겁에 질린 표정으로 말했다.

"죽고 싶어, 어서 띄워! 우린 크렘린궁으로 간다."

티트킨은 손에 들고 있던 권총으로 조종사를 위협했다.

절망적인 표정의 조종사가 헬기를 공중으로 띄우는 순간
이었다.

서쪽 하늘에서 수호이 Su-25기 2대가 나타났다.

수호이사가 제작한 공격기로 지상군을 지원하기 위한 근
접 지원기로서 개발되었다.

Mi-17 수송 헬리콥터가 속도를 높이는 순간 수호이
Su-25기에 장착된 30㎜ 2배럴 기관포가 불을 품었다.

그러자 커다란 크기를 자랑하는 Mi-17 동체에 불꽃이
피며 헬기는 중심을 잃고 지상으로 추락했다.

쾅!

커다란 폭발음이 들리는 순간, 누구나 할 것이 없이 헬리
본 부대의 병사들 모두가 들고 있던 자동소총을 바닥에 내
던졌다.

*   *   *

"후퇴해야 합니다. 우리가 덫에 걸린 것 같습니다."

연회실을 확보하지 못한 채 공격을 받고 있는 고스트의

대원이 케인에게 말했다.

이번에 받은 공격에 인원이 절반으로 줄어들었다.

"표도르 강을 죽여야 한다. 그렇지 못하면 우린 살아서 돌아갈 수 없어."

"그게 무슨 말씀이십니까?"

고스트를 이끄는 케인의 말에 탱고팀을 이끄는 브라운 팀장이 물었다.

현재까지 공격을 맡은 탱고팀의 희생이 가장 컸다.

"그건 나중에 알려주겠다. 알파팀은 퇴로를 맡고, 탱고는 나를 따른다. 우린 임무를 위해 끝까지 간다."

케인의 명령에 탱고팀 인원들은 고개를 떨굴 수밖에 없었다.

지금 상황으로는 작전은 실패한 것으로 보아야만 했다.

콰— 앙!

유탄발사기의 유탄이 연회실의 문을 때리자 설치된 폭발물이 함께 터져 나갔다.

그러자 연회실의 문이 박살 나며 연회실로 들어가는 통로가 열렸다.

"좋아! 진입한다. 엄호해!"

케인의 말에 알파팀이 측면을 향해 사격을 개시했다.

드르르륵! 타타다타탕!

특수부대 근접지원화기인 M249 기관단총이 불을 뿜자 총을 쏘던 대통령 경호대 인물들이 고개를 숙였다.

그때를 이용해 케인과 다섯 명의 인물이 연회실로 몸을 날렸다.

"이건……."

케인은 더 이상 움직일 수 없었다.

넓은 연회실에서 그들을 맞이한 것은 30여 개에 달하는 총구였다.

*   *   *

코사크 타격대와 FSB(러시아연방보안국) 산하 특수부대인 알파부대가 크렘린궁으로 향했다.

이와 함께 모스크바에 들어와 있던 러시아 해병대는 내무부와 모스크바 중앙경찰서에 들이닥쳤다.

"정지! 어디로 가는 차량입니까?"

도로를 점거하고 있는 4대의 경찰차가 러시아 해병대 수송 차량을 막아섰다.

"차를 빨리 빼!"

수송 차량을 선도하는 지프에 탄 소령이 차량을 막아선 경관을 향해 소리쳤다.

소령의 위협적인 태도에 경찰관은 움찔했지만 어떤 차량도 통과시키지 말라는 명령이 떨어진 상황이었다.

"죄송합니다만 이쪽으로는 통과하실 수 없습니다."

"모두 체포해!"

경관의 말이 떨어지기 무섭게 소령이 명령을 내리자 중무장한 수십 명의 병사가 경찰들에게 자동소총을 겨누었다.

"이… 이게 무슨 짓입니까?"

"국가 전복에 가담한 경찰을 모두 체포하란 명령이 떨어졌다. 우리의 길을 막는 것 자체가 반란에 가담했다는 것을 인정하는 것이다."

"저흰 상부의 명령을 받은 것뿐입니다."

경찰은 항변하듯 말했지만, 해병대의 행동은 달라지지 않았다.

"너흰 선택을 잘못했어. 모두 체포해!"

소령의 명령에 러시아 해병대의 이동을 방해하려 했던 경찰들은 모두 현장에서 체포되었다.

이러한 일들은 모스크바시 곳곳에서 벌어지는 일이었다.

모스크바 근교에 주둔 중인 공수군 소속 제45스페츠나츠 연대 또한 남쪽으로 이동하면서 바리케이드를 설치하던 경찰들을 체포하기 시작했다.

경찰들은 압도적인 화력을 갖춘 스페츠나츠 연대와 러시아 해병대에 맞설 수가 없었다.

이러한 소식이 전해지자 상부의 명령을 거부하고 자리를 이탈하는 경찰들이 생겨났다.

한편으로 상황이 달라지자 모스크바 경찰국의 명령과 다르게 코사크에 협조하는 경찰들이 늘어나고 있었다.

"어떻게 된 거야? 표도르 강이 죽었다고 했잖아."

트루쉰 내무차관은 모스크바 곳곳에서 경찰들이 해병대와 스페츠나츠에 체포되고 있다는 소식을 전해 들었다.

"확인 중에 있습니다만 크렘린궁과 연락이 되지 않습니다."

사색이 된 바투린 모스크바 경찰국장 또한 당황스럽긴 마찬가지였다.

30분 전만 해도 크렘린궁에서 전해진 소식으로 인해 축배를 들었다.

하지만 지금은 내무부로 향해 달려오는 러시아 해병대를 걱정하는 상황이 되어버렸다.

그때였다.

타타다다탕! 다다탕탕!

쾅!

총소리와 함께 폭발음이 동시에 들려왔다.

내무부는 현재 경찰특공대에 의해서 경비되고 있었다.

"군인들에게 공격을 받고 있습니다!"

내무부 장관실로 비서관이 황급히 들어오며 소리쳤다.

"아! 표도르 강이 죽은 게 아니었어."

트루쉰 내무차관은 절망 섞인 탄식을 내뱉었다.

군대를 동원할 정도로 표도르 강의 힘이 강력할 줄은 전혀 몰랐다.

"표도르 강은 죽었습니다. 바이노 비서실장과 직접 통화를 하지 않았습니까?"

바투린 모스크바 경찰국장은 지금의 상황을 믿으려고 하지 않았다.

"아직도 상황 파악이 안 되나. 우린 끝난 거야."

투— 두두두!

트루쉰의 말이 끝나기가 무섭게 헬리콥터 소리가 들려왔다.

창밖을 보자 일곱 대의 헬리콥터가 곧장 내무부 건물을 향해 날아오고 있었다.

러시아가 자랑하는 크렘린궁이 있는 모스크바 광장에는 수십 대의 장갑차와 함께 6백여 명에 달하는 병력이 사방을 통제하고 있었다.

"크렘린궁의 경비대는 항복했습니다. 대통령 경호실 소속의 요원들도 코르자코프 경호실장의 명령을 통해 무장해제를 했습니다."

코사크 정보센터를 맡고 있는 쿠즈민 센터장의 보고였다.

코르자코프는 FSB에 체포된 후 가족들을 보호하기 위해 적극적으로 협조하고 있었다.

"옐친 대통령은 어떻게 되었나?"

"무사히 구출되었습니다."

"다행이군. 바이노와 푸틴은?"

"저희가 도착했을 때 바이노는 이미 싸늘한 시체로 변해 있었습니다. 자살을 선택한 것으로 추정됩니다. 하지만 푸틴은 모습이 보이지 않았습니다. 현재 행방을 쫓고 있습니다."

"푸틴은 반드시 잡아야 해. 코사크는 푸틴을 찾는 데 집중해."

"알겠습니다."

대답을 한 쿠즈민은 급하게 밖으로 향했다.

반란에 참여한 모스크바 경찰을 동원할 수 없다는 것이 조금은 아쉬웠다.

적극적으로 이번 일에 가담한 모스크바 경찰들은 코사크와 FSB에 체포되어 무장해제를 당했다.

"푸틴이 어디로 갔을까요? 크렘린궁은 모두 봉쇄했는데 말입니다."

김만철 경호실장의 말처럼 크렘린궁이 있는 붉은 광장을 이중 삼중으로 봉쇄한 상태였다.

더구나 모스크바에는 비행 금지령이 내려졌다.

모스크바 셰레메티예보 국제공항을 비롯하여 모스크바 근교에 자리 잡고 있는 도모데도보 공항, 브누코보 공항, 브이코보 공항에도 비행기 이착륙이 금지되었다.

*　　　*　　　*

"후후! 모든 알고 있었단 말인가?"

냄새나는 하수도를 힘겹게 걷고 있는 푸틴은 혼잣말로 중얼거렸다.

"뭐라고 하셨습니까?"

앞쪽에서 길을 안내하는 인물은 푸틴의 최측근인 코롤레프였다.

그는 KGB 시절부터 함께한 인물이었다.

"아니야, 빨리 가자."

푸틴의 말에 코롤레프는 걸음을 재촉했다.

두 사람은 운 좋게 크렘렌궁의 비밀 통로를 통해서 빠져 나올 수 있었다.

이들이 향하는 곳은 코니시코프스카야에 자리 잡고 있는 미국 대사관이었다.

'나라를 팔아먹은 놈들만 아니었어도 표도르 강을 죽일 수 있었어…….'

푸틴은 실패의 원인을 곱씹고 있었다.

표도르 강을 제거하는 작전은 실패하기 어려운 작전이었 다.

코사크의 손발을 묶어놓았고 표도르 강의 이목도 다른 쪽으로 돌렸다.

더구나 표도르 강은 범의 아가리로 순순히 걸어 들어왔 었다.

'FSB가 놈의 사조직으로 전락했을 줄이야…….'

푸틴과 바이노가 간과했던 것이 FSB(러시아연방보안국)이 었다.

계획했던 대로 코사크의 움직임을 제약했지만, FSB가 코 르자코프 경호실장을 체포할 줄은 전혀 예상치 못한 일이 었다.

FSB는 완전히 표도르 강의 꼭두각시로 전락한 것이다.

"난 반드시 다시 돌아와 놈을 지옥으로 보내 버리고 말 거다."

입을 앙다물며 말을 하는 푸틴의 손에는 러시아의 최고 급 기밀이 담긴 가방이 들려 있었다.

미국에 몸을 의탁하기 위해서는 그들에게 줄 선물이 필요했다.

악취를 참고 5분 정도 더 걸었을 때였다.

"이제 거의 다 왔습니다."

코롤레프가 지도를 살피며 말했다.

그의 말처럼 앞쪽에는 위로 올라가는 사다리가 놓여 있었다.

*　　　*　　　*

"너희가 찾을 인물은 푸틴이다. 찾는 인물에게는 미화로 20만 달러가 주어진다."

모스크바를 장악한 말르노프 조직에게 푸틴을 찾으라는 명령이 내려졌다.

코사크와 FSB가 총동원되어 푸틴의 행방을 찾고 있었지만, 그의 행적이 아직 보고되지 않고 있었다.

이번 사건의 주도적인 역할을 한 푸틴을 찾기 위해 모스크바 곳곳을 파악하고 있는 마피아들까지 동원한 것이다.

휘― 익!

"정말입니까?"

20만 달러라는 말에 여기저기서 휘파람 소리가 들려왔다.

"물론이다. 그러니까 다른 놈들보다 우리가 먼저 이놈을 잡아야 한다."

"생포해야 합니까?"

"꼭 생포할 필요는 없다."

"그럼 이러고 있을 때가 아니잖습니까. 이런 기회를 다른 지역의 친구들에게 넘길 수 없지요."

모스크바 남쪽 나고나야 지역을 맡고 있는 말르노프 제7지부의 인물들은 너 나 할 것 없이 복사된 푸틴의 사진을 집어들며 황급히 밖으로 향했다.

모스크바시와 외곽 지역에 있는 마피아들까지 푸틴의 사진을 들고서 거리를 이 잡듯 뒤지기 시작했다.

하수구에서 나온 푸틴과 코롤레프는 사람들이 많이 다니는 대로를 피했다.

"저기 미국 대사관이 보입니다."

콜로레프가 손으로 가리킨 건물에 성조기가 휘날리고 있

었다.

"다 왔군."

"미국이 우리를 받아줄까요?"

콜로레프가 주변을 살피며 물었다.

"걱정하지 마. 우리가 가진 정보만 넘겨도 평생을 걱정 없이 살 수 있으니까."

푸틴은 자신이 들고 있는 007가방을 들어 보이며 말했다.

"가족들에게 알리지 못한 것이 조금은 마음에 걸립니다."

"미국에서 자리를 잡으면 가족들도 데려올 수 있어. 우린 러시아에 반드시 돌아올 거야."

푸틴은 이번 패배로 물러설 생각이 없었다.

다시금 미국을 등에 업고서 러시아의 권력을 되찾을 속셈이었다.

미국도 자신을 이용하기 위해 힘을 빌려줄 것이 분명했다.

"동지들도 잘 피신했겠지요?"

"다들 알아서 잘 처신했을 거야. 우리가 그랬던 것처럼 말이야."

푸틴과 함께 이번 거사에 참여했던 인물들이 적지 않았다.

그들 모두 푸틴과 오랜 친분을 가진 인물들이었고, 푸틴이 크렘린궁에 입성한 후부터 권력을 잡게 된 자들이었다.

"이 길만 건너면 대사관입니다."

미국 대사관이 바로 코앞에 나타났다.

8차선 도로만 건너면 안전하게 러시아를 벗어날 수 있었다.

"후후! 표도르 강, 난 아직 진 게 아니야."

길을 건너기 위해 신호등 앞에 서자 푸틴의 긴장된 표정이 조금은 누그러졌다.

40m만 걸어가면 끝나는 일이었다.

잠시 뒤 빨간불이 파란불로 바뀌자, 두 사람은 황급히 횡단보도를 건너기 위해 발걸음이 빨라졌다.

끼이익!

낡은 승합차 한 대가 급하게 횡단보도로 달려와 멈춰 섰다.

승합차의 문이 열리면서 4명의 인물이 권총을 손에 들고 뛰쳐나왔다.

그들의 목표는 푸틴이었다.

"저놈이다!"

차에서 내린 인물 중 하나가 푸틴의 얼굴이 복사된 종이를 보며 외쳤다.

"콜로레프! 놈들을 막아!"

푸틴은 미국 대사관 방향으로 달리며 소리쳤다.

앞서가던 콜로레프가 푸틴의 말에 권총을 뽑아 들려는 순간 총소리가 들렸다.

탕! 타탕!

세 발의 총소리가 함께 콜로레프의 몸이 크게 휘청거리며 앞으로 꼬꾸라졌다.

푸틴은 뒤를 돌아볼 여유가 없었다.

그때였다.

총소리 때문인지 미국 대사관의 경비병들이 밖으로 나오는 것이 보였다.

'조금만 가면 돼.'

푸틴이 횡단보도에 막 올라설 때였다.

그를 향해 맹렬하게 돌진하는 차량이 있었다.

끼익!

쿵!

충돌하는 소리와 함께 푸틴의 몸은 허공에 붕 띄워진 후 바닥에 내팽개쳐졌다.

"끄─ 륵! 날 도와⋯⋯."

입에 한가득 피를 버금은 푸틴은 자신에게 다가오는 미국 대사관의 인물들을 향해 도움을 요청하려는 듯이 힘겹게 손을 뻗었다.

하지만 그것이 전부였다.

푸틴이 승용차와 충돌해 쓰러진 순간 도로의 앞뒤에서 나타난 수십 대의 차량이 미국 대사관의 앞을 가로막아 섰다.

Chapter 8

　크렘린궁 3인방이 국가 전복을 위해 저지른 쿠데타가 일어났던 모스크바는 차분하고 조용했다.

　대규모의 군부대를 동원한 것도 아니었기에 모스크바를 제외한 다른 지역들에서는 모스크바에서 어떤 일이 벌어졌는지 알지 못했다.

　모스크바에서도 총격전이 발생한 곳은 세 곳에 불과했기 때문에 모스크바 시민들 또한 이번 사태를 알아챌 수 없었다.

　보도 통제가 내려진 언론들도 권력의 행방에 눈치를 살

피며 이번 사태에 대한 보도를 자제하고 있었다.

"푸틴은 정상적인 생활을 할 수 없을 것 같습니다. 치료가 잘 끝나더라도 목 아래로는 신경이 돌아올 수 없다고 합니다."

미국 대사관으로 달아나려고 했던 푸틴은 자동차와의 충돌로 인해 목과 허리를 심하게 다쳐 평생 누워서 생활할 수밖에 없게 되었다.

"차라리 죽는 게 나았을 뻔했네."

쿠즈민의 보고를 들은 김만철 경호실장이 말했다.

"부상으로 인해 감옥에는 가지 않겠지만, 앞으로 그는 비참한 삶을 살아갈 것입니다. 이번 쿠데타의 가담자들은 모두 체포되었나?"

"예, 크렘린궁를 비롯한 내무부와 모스크바 경찰국, 연방보안국 등⋯⋯."

코사크와 FSB가 중심이 되어 이번 쿠데타 관련자들을 모두 체포하고 있었다.

자살을 선택한 바이노 비서실장과 푸틴, 그리고 코르자코프 경호실장과 연관되거나 접촉한 인물들 모두가 체포되었다.

FSB(러시아연방보안국)의 일부 관계자들도 푸틴에게 정보를 제공한 혐의로 체포되었다.

코르자코프 경호실장과 회동을 했던 군부 장성들도 총참모부 산하 러시아군 총정보국(GRU)에 체포되어 조사를 받고 있었다.

GRU는 러시아 연방군 총참모부 직속 정보기관으로 국내외 군사정보 수집과 대외 비밀공작 업무를 담당하고 있다.

정보총국 또한 옐친 대통령의 국방개혁으로 인해 예산이 삭감되어 많은 어려움을 겪고 있었지만, 코사크의 지원으로 조직 대부분을 유지할 수 있게 되었다.

이로 인해 GRU 또한 코사크에 적극적으로 협조하고 있었다.

푸틴이 비밀리에 제76근위공중사단 헬리본 부대를 이끄는 티트킨 중령과 접촉한 사실도 GRU에 포착되어 코사크에 전달되었었다.

"철저하게 조사를 진행해야 하지만 억울한 사람들은 없도록 해야 해. 내부의 문제로 인해 러시아가 혼란을 겪게 된다면 더는 경제를 지탱할 수 없어."

외환 위기에 처해 있는 러시아 경제가 이번 일로 인해 정치적인 혼란에 빠지면 자칫 걷잡을 수 없는 상황에 빠질 수도 있었다.

"예, 분명하게 문제자들만을 가리고 있습니다."

"옐친 대통령의 대국민 담화는 언제쯤 가능할 것 같나?"

건강이 좋지 않은 옐친 대통령은 소빈메디컬에서 집중 치료를 받고 있었다.

옐친의 경호와 국정 운영과 관련된 일들을 코사크와 룩오일NY에서 주도적으로 진행하고 있었다.

현재 러시아 연방총리인 키리엔코가 중요한 행정 업무들을 대행하고 있었지만, 핵심 문제와 관련된 일들은 모두 나와 상의하여 처리했다.

다시 말해 크렘린궁 3인방의 몰락과 옐친 대통령의 건강상의 문제로 생긴 권력 공백을 러시아의 민간 기업인 룩오일NY에서 처리한다는 이야기였다.

그것은 곧 이번 쿠데타의 제압과 처리에 대한 모든 일에 내가 관여하고 있었기 때문이다.

더구나 러시아 권력 핵심인 정보부와 군에 대한 통제권이 이번 사태로 인해 나에게로 넘어오다시피 했다.

크렘린궁 3인방에 의해 꼭두각시처럼 움직인 옐친 대통령의 무능과 러시아의 권력을 잡기 위해 적국인 미국의 CIA까지 끌어들인 이번 사태에 군부가 크게 분노를 한 이유도 한몫했다.

"2~3일은 더 치료를 받아야 할 것 같습니다."

루슬란 비서실장의 말이었다.

현재 룩오일NY 비서실은 대통령 행정실, 총리실 등과 협조 체계를 통해서 사태를 수습하고 있었다.

"키리엔코 총리와 로디오노프 국방장관과 이야기를 나누었지만, 옐친 대통령은 더 이상 국정 운영을 할 수 없을 것 같아."

옐친은 알코올성 치매와 당뇨뿐만 아니라 심장에도 큰 문제가 생겼다.

심장 쪽으로 이어지는 미세 혈관들이 막혀 수술을 해야 하지만 수술 중에 사망할 수도 있는 확률이 높았다.

현재 옐친은 언제든지 심장마비가 발생할 수 있는 상황이었다.

연일 계속된 과도한 음주와 흡연 때문에 당뇨와 혈관 질환이 유발된 것이다.

크렘린궁 3인방은 이러한 옐친의 건강 문제가 일부러 악화되도록 내버려 두었다.

"그러면 옐친 대통령의 후임을 결정해야 하지 않겠습니까?"

"음, 러시아를 진정으로 위하는 인물이 대통령에 올라서야겠지요."

김만철의 말처럼 옐친 대통령은 병원에서 퇴원하더라도 집무를 보기 어려운 상황이었다.

문제는 옐친이 물러나면 그를 대신할 대통령 후보가 마땅치 않다는 점이다.

푸틴처럼 강인한 이미지와 함께 머리 회전이 빠르고 상황 판단이 뛰어난 인물이 눈에 들어오지 않았다.

"차라리 회장님께서 이 나라를 이끌어가셨으면 좋겠습니다."

루슬란 비서실장의 말이었다.

"난 사업가일 뿐이야. 내가 전면에 나서면 오히려 지금보다 더 많은 적을 만들 수도 있어. 권력을 탐하는 자들의 최후를 보지 않았나?"

나는 러시아인이 아니었다.

러시아를 사랑하고 좋은 방향으로 이끌어가기를 원하지만, 나의 조국은 대한민국이었다.

러시아가 옳은 방향으로 나가길 원하지만, 남북한을 위해서 러시아를 이용할 때가 적지 않았다.

더구나 사업가인 내가 권력의 탐하는 순간 수많은 적을 러시아 내부에서 생성하게 된다.

지금처럼 나와 룩오일NY를 함부로 할 수 없을 정도의 힘만 가지면 되었다.

여기서 더 강해진다면 자칫 부러질 수 있었다.

"탐욕자들에게 러시아를 맡긴다는 것이 내키지 않아서입니다."

루슬란 비서실장은 지금껏 내가 걸어온 길을 잘 알고 있었다.

난 항상 받은 만큼 돌려주었고 과도한 욕심을 탐하지도 않았다.

지금의 영향력으로도 더 많은 부와 권력을 가져올 수 있었지만 그렇게 하지 않았다.

과도하게 몰린 힘과 권력, 그리고 돈은 어느 순간부터 변질되거나 부패하기 마련이다.

하지만 러시아의 정치인이나 권력자들은 권력과 부를 움켜잡은 후에는 그걸 국민과 나누려고 하지 않았다.

오히려 더 많은 권력과 부를 누리기 위해 가진 힘을 이용해 왔다.

"러시아도 이제 자본주의를 받아들였어. 좋은 것을 얻기 위한 욕심과 탐욕은 어쩔 수 없는 결과물이야. 물론 이 나라를 불행하게 만드는 과도한 탐욕은 최대한 막아야겠지만 말이야."

제2의 푸틴이나 바이노가 다시금 나오지 않으리라는 장담이 없었다.

경험해 보지 못한 권력과 부를 손에 넣게 되는 순간부터 사람은 달라진다.

올바른 가치관을 지닌 인물일지라도 권력의 맛에 중독되는 순간 차지한 권력을 이용해서 손에 넣은 권력을 지켜내려고 했다.

쿠데타를 막은 옐친 대통령 또한 자신이 움켜진 권력으로 대통령의 지위를 유지했다.

"다시는 이러한 일이 벌어지지 않도록 해야 합니다. 크렘린궁에 입성한 인물일지라도 말입니다."

코사크 정보센터를 이끄는 쿠즈민의 말이었다.

나보다도 룩오일NY를 이끄는 주요 인물들이 이번 일에 대한 분노가 심했다.

"그렇습니다. 크렘린궁에도 견제 장치와 안전장치를 마련해 놓아야만 CIA를 끌어들이는 어리석은 생각을 하지 않습니다."

루슬란 비서실장이 쿠즈민의 말에 동조하며 나섰다.

러시아에서 이러한 이야기를 할 수 있는 곳은 룩오일NY일 뿐이다.

그만큼 알게 모르게 나를 비롯한 룩오일NY의 관계자들의 힘이 막강해진 것이다.

"우리의 적을 내부에서 만들고 찾게 된다면 그나마 가진 힘을 소진하게 될 수 있어. 우리의 적은 크렘린궁이 아닌 이 세상을 지배하려는 웨스트와 이스트의 그림자들이야. 어쩌면 이들은 러시아가 스스로 내부의 싸움에 빠져들어 허우적대길 원할지도 몰라."

두 세력은 자신들이 가진 힘으로 세운 정부와 권력을 잡은 정치인들을 동원하여 대리전을 치르는 방식을 이용했다.

　더 나아가 자신들에게 대항하던 나라들에 내전의 불씨를 심어 가난과 질병의 고통에 빠져들게 했다.

　이들에 의해 혼란과 분열에 빠진 나라들은 오늘날까지 깊은 수렁에서 빠져나오지 못하고 있었다.

　분열과 폭동, 그리고 내전으로 이어지는 전략은 이스트와 웨스트가 즐겨 사용하는 방법이었다.

　"회장님께서는 저희보다 늘 앞선 생각을 하시는 것 같습니다."

　"앞선 생각은 아니야. 단지 우리의 힘을 쓸데없는 곳에 낭비하고 싶지 않을 뿐이지. 이번 싸움에서 우리가 이길 수 있었던 원동력은 정보였어, 우린 계속해서 정보를 장악해야 해. FSB와 GRU가 앞으로도 코사크와 함께한다면 크렘린궁이라 할지라도 우릴 어쩔 수 없을 거야. 우린 계속해서 최소한의 힘으로 최대한의 견제를 할 방법을 찾아가도록 해야 해. 룩오일NY의 적은 따로 있으니까."

　나의 말에 회의에 참석한 인물들 모두가 고개를 끄덕였다.

　룩오일NY마저 가진 힘을 지키기 위해 더 큰 권력을 추구

한다면 러시아는 자칫 내전의 소용돌이에 빠질 수도 있었다.

*   *   *

옐친 대통령이 입원해 있는 소빈메디컬센터를 찾았다.

특별실에서 러시아 최고의 의사들에게 집중 치료를 받고 있는 옐친은 정신이 돌아왔다.

병원으로 옮겼을 때 옐친 대통령은 정신을 차리지 못할 정도로 술에 취해 있었다.

"기분이 어떠십니까?"

"아주 좋네. 이번에도 강 회장에게 신세를 졌어."

병원 침상에서 나를 맞이한 옐친은 나를 반갑게 맞이했다.

정신을 차리지 못했을 때와는 사뭇 다른 모습이었다.

"아닙니다, 친구를 돕는 것은 당연한 일입니다."

"강 회장은 날 두 번이나 살렸어. 아니, 이 나라를 두 번이나 위기에서 구해낸 것이지. 그 누구도 할 수 없는 일이야."

"모두가 대통령님의 도움이 있었기 때문입니다."

"하하하! 고마운 말이지만 난 바보가 아니야. 강 회장이 나서지 않았다면 이 나라는 미국 놈들에게 넘어갔을 거야."

옐친은 크렘린궁의 3인방이 CIA를 끌어들였다는 보고를 받았다.

더구나 지금껏 바이노 비서실장과 푸틴 행정실장, 그리고 코르자코프 경호실장이 얼마나 왜곡되고 거짓된 정보를 전달했는지도 병원에 입원해서야 알게 되었다.

크렘린궁 3인방은 철저하게 옐친의 눈과 귀를 가려왔다.

"러시아는 강합니다. 미국이 어떠한 흉계를 꾸며도 이겨낼 수 있습니다."

옐친은 미국 정부 이면에 자리 잡고 있는 웨스트에 대한 것은 모르고 있었다.

웨스트 세력에 의해서 좌지우지되는 미국 내의 언론공작과 정치공작에 의해서 공화당과 민주당이 내세우는 대통령 후보들의 당선 여부가 결정된다는 사실을 말이다.

더 나아가 금융과 언론을 등에 업은 이들의 도움으로 당선된 국회의원들을 통해 다시금 웨스트에게 유리한 법률과 정책이 만들어지도록 했다.

더욱이 웨스트 세력은 자신들에게 충성을 다짐하는 정치인들을 발굴하고 키워서 대통령 후보로까지 만들어내고 있었다.

"맞는 말이야. 러시아는 강하지. 하지만 지금은 이전의 강함을 찾지 못하고 있네. 강 회장과 같은 사람이 한두 명만 더 있었어도 러시아는 그 누구도 넘볼 수 없게 될 텐데 말이야."

"러시아에 저와 같은 사람은 많습니다. 아직 자신의 능력을 알지 못할 뿐입니다. 그들은 곧 자신의 능력을 알게 되는 날이 올 것입니다. 룩오일NY는 그러한 사람들이 함께 모여 러시아의 발전을 위한 일들을 열심히 해나가고 있습니다."

"하하하! 강 회장의 말을 듣고 있으면 절로 기분이 좋아져. 아첨꾼들이 하는 말과는 차원이 달라, 강 회장의 말과 행동은 늘 일치했으니까 말이야. 난 그런 모습을 푸틴에게서도 보았었지. 그래서 푸틴을 중용하려고 했는데, 놈은 러시아를 망치려고 했어. 놈은 단지 양의 탈을 쓴 이리였을 뿐이야."

옐친 대통령은 푸틴에 대한 적대감을 드러냈다.

나 또한 푸틴에 대한 기대감이 있어 푸틴을 옐친에게 소개했다.

푸틴에 대한 안전장치를 마련했다고 여겼지만, 그건 나의 오판이었다. 푸틴의 야망과 권력에 대한 욕심은 내 생각의 범주를 넘어섰다.

"다시는 이런 일이 벌어지지 않게 해야 합니다."

"맞는 말이야. 두 번 다시 이런 일이 일어나면 안 돼. 그래서 하는 말인데, 강 회장이 이 나라를 이끌어주었으면 좋겠네. 난 자네에게 모든 것을……."

옐친 대통령의 입에서 생각지도 못한 이야기가 흘러나왔다.

Chapter 9

옐친 대통령의 말을 처음부터 끝까지 경청했다.

그는 이방인인 내가 러시아의 대통령에 올라 지금보다 나은 러시아를 만들어가길 원했다.

그러나 나는 그걸 바라지 않았다.

"절 높이 평가해 주셔서 감사합니다. 하지만 전 기업인이지 정치인이 아닙니다. 지금처럼 기업인의 역할에 충실하는 것이 러시아를 위해서도 가장 좋습니다."

"나도 잘 알아. 강 회장이 기업인이라는 것을. 한데 지금 강 회장을 뺀 그 누구도 믿을 수가 없게 되었어. 더구나 건

강하지 못한 이런 몸뚱이로는 대통령직을 수행하고 싶어도 할 수가 없어. 그건 자네도 잘 알잖아?'

옐친 대통령은 날 친구처럼 대했다. 이전처럼 존칭을 쓰지 않았다.

"그래도 저는 이방인이고 일개 기업인일 뿐입니다. 제가 정치인이 되어서 대통령에 올라서면 룩오일NY나 한국에 있는 제 회사들을 온전하게 운영할 수 없습니다. 더구나 지금은 경제적으로 아주 중요한 시기입니다. IMF 관리체제를 받아들인 한국도 문제지만 러시아도 상황은 마찬가지입니다."

"음, 복잡한 문제야. 나는 이제 그런 복잡하고 어려운 상황을 대처하기가 힘들어. 강 회장이 도와주지 않으면 이 나라의 앞날은 암울할 뿐이야."

옐친 대통령은 자신의 상태를 잘 알고 있었다.

보수 세력의 쿠데타에 맞서 싸웠던 정력적인 옐친의 모습은 온데간데없이 사라지고 이제는 지치고 힘겨운 노인이 되어 있었다.

"방법을 찾아보겠습니다. 하지만 제가 대통령에 오르는 일은 절대 없을 것입니다."

내 마음은 변함없었다.

러시아의 힘을 이용해 미국과 중국을 견제하고 남북한을

돕는 것이 최선이었다.

"후! 그런 지금의 상황을 어떻게 처리해야만 하나?"

옐친 대통령은 한숨을 내쉰 후 애처로운 표정으로 날 바라보며 물었다.

"이러한 일이 발생하지 않도록 견제 장치를 강화하시지요."

"어떻게 말인가?"

"FSB와 GRU를 완전히 독립적으로 움직이게 하는 것입니다."

"KGB 시절로 돌아가잔 말인가?"

옐친은 보수파의 쿠데타에 협조했던 KGB의 힘을 약화시키기 위해 KGB를 해외 파트인 대외정보총국(SVR)과 국내 파트인 연방보안국(FSB)으로 분리시켰다.

그 후 다시금 정보 강화 목적으로 KGB의 후신인 FSB를 확대했지만 아직은 KGB 시절의 정보력과 힘을 되찾지는 못했다.

"그건 아닙니다. 어찌 보면 지금의 사태도 정보를 사전에 입수할 수 있었다면 미리 막을 수 있었을 것입니다. 사태가 실제로 벌어진 후에야 힘겹게 막아내지 않았습니까. 만약 저희의 움직임이 조금만 늦었다면 이 나라는 혼돈에 빠졌을 것입니다. 물론 저와 대통령님도 지금처럼 이야기를 나

눌 수 없었을 것입니다. 그래서 정보 수집을 보다 강화하는 방법을 모색하자는 것입니다."

"음, FSB는 그렇다고 해도 GRU는 왜 독립하자는 건가?"

"군을 견제하기 위해서입니다. GRU는 소비에트연방이 해체되는 상황에서도 주요 기능을 그대로 유지했습니다. 현재는 소비에트연방 해체 때보다 4배나 많은 인원으로 커졌습니다. 더구나 이들은 산하에 2만 명이 넘어서는 스페츠나츠를 보유하고 있습니다. 군부에 푸틴과 바이노와 같은 인물이……."

러시아군 총정보국(GRU)은 우리의 기무사령부와 정보사령부 기능을 합친 정보기관이다.

난 GRU와 FSB를 코사크 통제 아래 두려는 목적으로 옐친에게 이야기한 것이다.

러시아 총참모부의 직할로 있는 GRU를 독립시켜 러시아군을 견제하고 해외 군사 정보 활동에 활용하기 위해서였다.

더구나 2만 명이 넘어서는 최정예 특수부대인 스페츠나츠를 손안에 넣는 것은 매력적인 일이었다.

"음, 안전장치로 FSB와 GRU, 그리고 코사크가 서로를 견제하게끔 한다는 건가?"

"예, 독립적인 힘을 주지만 그걸 막는 장치도 필요합니다. FSB와 GRU의 수장은 대통령이 임명하지만 그 아래 부국장은 코사크의 몫으로 주어지게 되면 상호 견제가 가능합니다. 그리된다면 제가 대통령의 위치에 있지 않더라도 권력을 잡기 위해 쿠데타라는 더러운 힘을 사용할 수 없을 것입니다."

"음, 틀린 말이 아니야. 모든 걸 강 회장의 말대로 진행하겠네. 키리옌코 총리와 로디오노프 국방장관에게 지금 말한 것들을 실행할 수 있게 조치하도록 하지."

옐친 대통령은 오래 생각지도 않은 채 흔쾌히 내가 이야기한 방안을 받아들였다.

지금 옐친에게 조언해 줄 인물들은 이번 사태로 대부분 사라졌다. 대통령 비서실과 행정실의 중요 인물들도 쿠데타 참여 혐의로 체포되었다.

옐친은 객관적인 상황 판단을 할 수 있는 능력이 떨어진 상황이었다.

"예, 저도 부족한 부분들은 두 분과 상의해서 처리하겠습니다."

"정말이지 강 회장이 이 나라에 와준 것이 신의 축복이야."

옐친 대통령은 전적으로 나를 믿고 신뢰했다.

나 또한 정보기관들을 손에 넣는다 해도 그의 신뢰를 저

버리는 행동은 하지 않을 것이다.

단지 내가 감당할 수 없는 힘을 지닌 웨스트와 이스트 세력과의 싸움에서 러시아의 힘이 절대적으로 필요하기 때문이다.

*　　　*　　　*

며칠 뒤 옐친 대통령은 대국민 담화를 발표했다.

어리석은 자들이 벌인 사태로 비극적 상황으로 치달을 뻔했던 사태를 코사크와 FSB의 헌신적인 노력으로 막아낼 수 있었다는 내용이었다.

하지만 옐친 대통령의 담화에서는 CIA와 연관된 상황이 나오지 않았다.

담화문이 발표되고 난 하루 뒤 코사크에는 기존 수사권과 체포권에 이어 검찰이 가지고 있던 기소권과 금융범죄 수사권이 포함되었다.

또한 코사크는 러시아 공군을 비롯한 러시아와 독립국가연합의 모든 비행장을 이용할 수 있었다.

전력 강화를 위한 무기 확보도 독립적으로 추진할 수 있게 되었다.

한편으로 FSB와 GRU는 지금보다도 독립적인 형태로의 개편 작업에 착수했다.

내가 이야기했던 것들을 옐친 대통령이 모두 받아들인 결과였다.

이러한 정보기관의 개편 작업에 대해 러시아 최대 정당인 공산당은 반발하지 않았다.

평소 옐친 대통령이 추진하는 일에 딴지를 걸었던 공산당의 행보가 아니었다.

이러한 일은 사전에 공산당 당수로 올라선 빠블로프에게 협조를 구했기 때문이다.

난 모스크바 방송 인수를 방해했던 공산당의 빠블로프를 후원했고, 그는 나의 후원에 힘입어 공산당의 당권을 장악하고 당수에 올라섰다.

"강 회장님께서 추진하시는 모든 일을 적극적으로 돕겠습니다."

키리엔코 연방총리는 스베르로 찾아와 나에게 적극적으로 협조하겠다는 의사를 피력했다.

그도 그럴 것이 키리엔코도 나의 말 한마디에 자리를 보존할 수 없기 때문이다.

옐친 대통령의 경호까지 코사크가 맡고 있는 상황에서 국회를 장악한 공산당에게까지 영향력을 행사하는 나에게 머리를 숙일 수밖에 없었다.

키리옌코에 대한 야당의 사임 공세를 막아준 것도 나였기 때문이다.

"감사합니다. 러시아는 이번 기회를 발판 삼아 새롭게 전진해야만 합니다."

"물론입니다. 강 회장님께서 계시는 러시아는 발전할 수밖에 없을 것입니다. 시베리아철도에서 네덜란드의 로테르담으로 이어지는 유라시아철도 운영권과 개발권을 모두 룩오일NY에 일임하기로 했습니다."

키리옌코가 날 찾아온 하나의 이유였다.

두만강 하구에서 시베리아철도를 이용해 유럽으로 이어지는 유라시아철도의 개발 작업에 착수할 예정이다.

기존에 진행했던 선로 개선 작업 외에 추가로 철로를 놓는 작업이었다.

신의주 특별행정구에서 생산되기 시작한 제품들을 유럽에 본격적으로 수출하기 위한 작업이자 낙후된 시베리아 지역을 개발하기 위한 큰 청사진이었다.

"좋은 소식입니다. 러시아가 지금 겪고 있는 경제 위기를 극복하려면 시베리아의 개발이 이루어져야 합니다."

"예, 저도 그렇게 생각하고 있습니다. 그리고 정부가 가지고 있는 흑해의 유정들과 가스전도 룩오일NY에서 관리할 수 있게 될 것입니다."

"굳이 그럴 필요까지는 없습니다."

"아닙니다. 먼 미래를 봐서도 주먹구구식으로 운영되는 정부 산하 기업들이 변화해야 합니다. 충분히 많은 이익을 낼 수 있는 상황에서도 운영 미숙으로 인해 적자를 낸다는 것은 문제가 심각합니다."

키리엔코의 말은 틀린 이야기가 아니었다.

국영기업의 운영자 누구에게도 책임을 따지지 않는 상황이 만든 결과였다.

지속적인 책임 운영이 아닌 몇 년이 지나면 다른 곳으로 자리를 옮기는 것도 문제였다.

"알겠습니다. 저희는 충분하게 정부에 값을 치르고 인수를 추진하겠습니다."

36살인 키리엔코 총리는 새로운 사고와 신선한 지도력이 필요하다는 결정으로 옐친 대통령이 총리에 전격 발탁한 인물이다.

물론 나의 도움이 적지 않았다.

키리엔코는 이제 옐친 대통령이 건강상의 문제로 물러난 후의 차기 대통령을 꿈꾸고 있었다.

"허락하신 줄 알고 바로 추진하겠습니다."

키리엔코는 어떡하든지 나에게 잘 보이려는 모습이 눈에

보였다.

그가 꿈꾸고 있는 대통령의 자리도 나의 도움 없이는 도달할 수 없기 때문이다.

*　　　*　　　*

매서운 한파가 몰아치고 있는 사하공화국 야쿠츠크 내 코사크 교도소에는 추위에 떠는 죄수들이 잠을 이루지 못하고 있었다.

지급된 얇은 담요로는 영하 −50℃ 아래로 떨어진 추위를 감당할 수 없었다.

"오− 늘 밤− 을 넘기− 지 못할 거− 야."

사람이 견뎌내기 힘든 추위에 온몸을 덜덜 떨고 있는 피터는 말하기조차 힘들었다.

"이− 겨내− 야 합− 니다."

피터와 한방을 쓰고 있는 케인 또한 말로 표현할 수 없는 추위에 고통스럽기는 마찬가지였다.

두 사람을 비롯해 켐핀스키 호텔에서 살아남은 CIA의 고스트 대원 모두가 코사크 교도소로 끌려왔다.

이들은 특별한 조사를 받지 않고 바로 교도소에 수감되었다.

수감되기 전에 들은 말은 단 하나, 알고 있는 것들을 말하고 싶을 때 간수를 부르라는 말뿐이었다.

이때는 이 말이 무슨 뜻인지 이해할 수 없었지만 단 하룻밤을 지내고 난 후 처절하게 깨달았다.

딱딱ー 딱!

"조직ー 은 우릴 버려ー 어."

추위에 이빨이 저절로 부닥치면서 말이 나왔다.

"차ー 라리 그ー 자리에서 죽었ー 어야 했습ー 니다."

케인은 작전의 실패를 되씹어 보았고, 결론은 러시아 놈들을 믿은 게 잘못이라는 것이었다.

고스트의 단독 작전이었다면 성공 가능성이 더욱 커졌을 것이다.

"죽ー 음은 쉬ー 운 게 아니ー 야. 아무ー 이ー 익도 없는 죽음은 개죽ー 음일 뿐ー 이야."

체포 과정에서 각자에게 나눠준 극약을 먹은 고스트 대원은 단 2명뿐이었다.

나머지는 삶에 대한 욕구가 컸다.

그때였다.

"간수! 할 말이 있다!"

옆방에 수용된 고스트 대원 하나가 소리쳤다.

"크크ー! 한ー 계가 고작 이틀ー 뿐이야."

그 소리에 피터가 웃으며 말했다.

자신도 간수를 힘차게 부르고 싶었다.

얼음 지옥 같은 이곳을 벗어나 따뜻한 곳에서 뜨거운 고기 수프를 먹고 싶은 마음이 간절했다.

"멍청— 한 놈! 말을 한— 다 해도 다— 시 이곳으로 끌려올 뿐— 이야!"

케인이 고스트 대원에게 명령하듯 소리쳤다.

"닥쳐! 난— 살고 싶을 뿐이야!"

케인의 말에 고스트 대원은 반발하듯 소리를 질렀다.

끼이익!

복도의 철장이 열리는 소리와 함께 두꺼운 외투를 걸친 간수가 걸어왔다.

그의 손에는 김이 모락모락 올라오는 뜨거운 차가 담긴 컵이 들려 있었다.

"누가 이야기를 한다고 했나? 제대로 이야기를 하려면 입을 녹여야지."

뜨거운 차를 본 고스트 대원들의 눈빛이 달라졌다.

"내가 하겠어!"

"나도 말하겠어!"

간수의 말이 떨어지기 무섭게 감방에 갇혀 있던 고스트 대원들이 앞다투어 소리쳤다.

고문에 대비한 훈련까지 받은 고스트 대원이었지만, 살이 찢어지는 듯한 고통이 동반되는 시베리아의 추위를 견뎌낼 수는 없었다.

Chapter 10

　모스크바와 상트페테르부르크, 노보시비르스크, 옴스크, 블라디보스토크 등 러시아의 주요 도시에 마련되어 있던 CIA의 비밀 지부들이 순식간에 정리되었다.

　보수파의 쿠데타로 인한 혼란과 KGB의 해체를 틈타 러시아의 도시마다 세워졌던 CIA의 비밀 지부들이 손쓸 틈도 없이 동시다발적으로 코사크와 FSB에 의해서 붕괴된 것이다.

　이들에 협조했던 러시아인들도 간첩 혐의로 체포되었고, 이 과정에서 CIA에 정보를 제공했던 두마(국회) 의원까지

FSB에 끌려갔다.

쾅!

"도대체 어떻게 된 일이야?"

러시아와 동유럽 지부의 책임자인 도널드 그레그 CIA 현장 책임자가 책상을 내려치며 물었다.

"저희도 너무 갑작스러운 일이라······."

모스크바를 책임지고 있는 루카스가 당황스러운 표정으로 말했다.

러시아에 8년을 공들여서 구축한 정보망이 단 하루 동안에 모두 붕괴되었다.

"그걸 말이라고 하는 거야? 내부의 도움이 없으면 가능할 수 없는 일이 벌어졌잖아."

"배신자가 있다는 말이십니까?"

"그럼, 이 사태를 어떻게 설명할 수 있어? 놈들은 우리 요원들이 피신할 수 없게 동시다발적으로 작전을 벌였어. 그 작전에 대한 정보를 우리는 입수조차 할 수 없었고."

CIA는 이러한 사태에 충분한 대비를 사전에 하고 있었다. 하지만 누구도 예측할 수 없는 새벽에 동시다발적으로 급습을 당했다.

현장에서 체포된 CIA 요원만 십여 명이 넘었다.

"저희의 비밀 지부를 모두 알고 있는 사람은 극소수입니다. 배신자가 나오더라도 한두 개의 지부만이 알려지게 되어 있습니다. 저도 다른 도시의 지부를 알지 못하니까요."

루카스의 말이 맞았다.

각 도시의 책임자들만이 비밀 지부를 알고 있었다.

이렇게 한 이유는 한 지부가 무너져도 다른 지부에 영향을 주지 않게 하려는 조치였다.

하지만 오늘 새벽에 벌어진 일로 한두 개의 지부가 아닌 90%의 지부가 사라졌다.

나머지 지부 또한 체포된 인물들 때문에 문을 닫을 수밖에 없었다.

"맞아, 모든 지부의 위치를 아는 사람은 나와 에이든뿐이지. 설마……."

에이든은 미국 대사관의 참사관으로 공사 아래의 직책이다.

"무슨 생각이라도 떠오르셨습니까?"

"켐핀스키 호텔에 침투했던 고스트들은 모두 사망했다고 했지?"

"예, 살아서 나온 자들이 없었습니다. 현장을 확인했던 요원도 고스트들이 모두 희생되었다고 보고했습니다."

켐핀스키 호텔에서 나온 시체들이 80여 구가 넘었다.

시체들을 전부 확인할 수는 없었지만, 시체들 중 30여 구 이상이 고스트 대원들이 착용했던 복장을 하고 있었다.

탈출 루트로 피신한 인물 또한 단 한 명도 없었다.

"만약 피터가 살아 있다면……."

"피터 지부장 말씀입니까?"

"그래, 놈은 1급 기밀에 접근할 수 있는 인물이야. 더구나 치밀한 성격이라 사전에 러시아에 관한 정보를 입수할 수도 있었겠지."

"피터 지부장이 체포되었다면 우리의 정보망에 걸리지 않을 수가 없습니다. 러시아의 경찰이나 FSB에도 피터 지부장이 체포된 정황이 없습니다."

"코사크가 체포했다면 상황이 달라질 수 있잖아."

"코사크도 피터 지부장을 체포한 흔적은 없었습니다."

CIA는 러시아에 상당한 정보망을 구축해 놓았었다.

"우리가 놓치는 부분이 있을 수도 있어. 시체들이 보내진 병원을 조사해 봐. 그리고 당분간은 활동을 중지하고 잠수해. 소나기는 피해야 하니까."

"알겠습니다."

모든 지부가 붕괴하지는 않았다.

뿌리가 잘리지 않는 한 정보망은 새롭게 구축할 수 있었다.

단지 시간과 돈이 필요한 일이었다.

＊　　　＊　　　＊

"도널드 그레그. 그는 현재 미국 대사관에 물품을 공급하는 회사의 대표를 맡고 있습니다. 하지만 실제로는 CIA 러시아와 동유럽의 책임자입니다. 말이 CIA이지 웨스트에서 심어놓은 인물입니다. CIA의 힘을 빌려 웨스트가 필요로 하는 일을 진행합니다. 이번 일도 도널드가 계획한 일로 추정됩니다. 현재 코사크 체포조가 도널드가 있는……."

코사크 정보센터장인 쿠즈민의 보고였다.

코사크와 FSB는 비밀리에 CIA의 비밀 지부들을 급습했다.

러시아의 내부를 속속들이 파악하고 쿠데타를 책동하는 CIA를 더는 두고 볼 수 없었다.

"이번 작전의 핵심은 도널드의 확보에 있습니다. 도널드를 확보하면 러시아와 동유럽의 CIA 조직은 크게 흔들리게 될 것입니다."

"놈들이 아직 우리의 움직임을 눈치채지 못했겠지?"

"예, 계속해서 거짓 정보를 흘리고 있습니다."

"좋아, 놈을 확보하는 대로 작전을 마무리한다. 하루라도 빨리 사태를 정리하고 경제 분야에 집중해야 해."

"예, 그레그를 확보하는 대로 보고드리겠습니다."

하루가 다르게 러시아의 경제는 악화 일로에 있었다.

옐친 대통령이 입원했다는 소식과 쿠데타가 벌어졌다는 소식에 루블화가 폭락했고, 채권 가격도 크게 요동쳤다.

이스트와 웨스트 세력에게 덫을 놓으려면 러시아의 경제는 어떻게든 전반기까지는 버텨야만 했다.

* * *

모스크바 공항으로 향하는 차에 올라탄 도널드는 당분간 체코의 프라하에 나가 있기로 했다.

CIA의 요원들이 체포되는 상황에서 자칫 모스크바에 머무는 것이 문제가 될 수도 있었다.

"오늘따라 차가 더 막히는 것 같습니다."

"조금 살 만하니까 차만 사들이는 놈들이니. 이 나라는 아직 멀었어."

앞쪽에서 교통사고가 났는지 차들이 움직이지 않았다.

5분 정도 지나자 전혀 움직임이 없던 차들이 움직이기 시작했다.

"차들이 빠집니다."

운전기사가 앞을 바라보며 말했다.

"비행기 시간은 늦지 않았겠지?"

"예, 아직은 시간이 괜찮습니다."

도널드의 말에 경호원인 로건이 대답했다.

"다시 돌아올 때까지 모스크바의 정보망이 회복되어야 해."

차가 앞으로 조금씩 움직이고 있을 때 앞쪽에서 경찰이 수신호를 보내고 있었다.

예상했던 것처럼 교통사고로 인해 차량 흐름이 원활하지 못했다.

경찰은 수신호를 하며 왼쪽 도로로 차를 진입하라고 지시를 보냈다.

경찰이 손으로 가리킨 도로는 일반 통행로였다.

"이쪽으로 가면 조금 더 시간이 걸릴 것 같습니다."

"할 수 없지."

도널드가 탄 차량이 왼쪽 길로 막 들어설 때였다.

쿵!

뒤쪽에서 따라오던 트럭이 갑자기 돌진하면서 도널드가 탄 차량을 앞으로 밀어붙였다.

"뭐냐?"

그 순간 앞쪽에 있던 트럭 트레일러의 문이 열리며 자동차가 올라설 수 있는 발판이 내려왔다.

부아— 앙!

도널드가 탄 차량은 어떻게 해볼 틈도 없이 트럭에 밀려 트레일러 위로 올려졌다.

철컹!

자동차가 올려지자 트레일러의 문이 순식간에 닫혔다.

쉬이익!

그리고 트레일러의 문이 닫히자마자 알 수 없는 가스가 트레일러 안을 가득 채우기 시작했다.

"어서 내려야……."

도널드가 차 문을 열려는 순간, 가스 때문인지 자신의 의지와 상관없이 졸음이 쏟아지듯 몰려왔다.

털썩!

열린 차 문 밖으로 몇 걸음 기어나가던 그는 그대로 쓰러져 버렸다.

*   *   *

코사크의 개편 작업이 이루어졌다.

현재 8개의 코사크 타격대를 12개로 확대 개편하는 작업을 먼저 진행했다.

한때 코사크에 대한 야당의 견제로 인해 타격대를 8개로 늘린 이후 확대하지 못했었다.

1개의 타격대에 25~30명이 구성된다.

타격대의 확대 개편에 따른 비용 문제에서도 러시아 정부가 50%를 지원하는 형태로 진행할 수 있게 되었다.

국가 전복 사태의 위기를 막아낸 코사크가 정부 지원 단체로 지정된 것이다.

재정 지원을 받는다고 해도 러시아 정부의 명령을 받지는 않는다.

또한 코사크가 사용하기 위해 구매하는 물품과 수입 제품들에 대해서도 세금과 관세를 부여하지 않기로 했다.

가장 중요한 것은 코사크의 전투부대를 인정한다는 조치였다.

체첸공화국의 보안군을 러시아 정부의 눈을 피하고자 일반적인 코사크 직원들로 받아들였다.

이제 2천여 명에 달하는 체첸의 코사크 대원을 실질적인 전투부대로 활용할 수 있게 되었다.

이들을 포함해 코사크 2,500명의 전투부대를 두게 된 것이다.

용병을 필요로 하는 국제분쟁을 포함해 룩오일NY와 닉스 홀딩스의 해외 자산을 지키기 위해 이들이 활용될 것이다.

더 중요한 것은 내 명령 한마디에 2,500명의 전투부대가 러시아 정부의 제약 없이 러시아 전역으로 이동할 수 있게 되었다는 점이다.

"강 회장님 덕분에 FSB가 완전해졌습니다."

러시아연방안전국(FSB)의 도로프 국장이 인사차 날 찾아왔다.

"원래의 위치를 찾은 것입니다. 앞으로도 코사크와 FSB의 긴밀한 협조 체제가 이루어져야 합니다."

"하하하! 물론입니다. 러시아를 위해서도 저와 FSB를 위해서도 코사크와의 관계는 변함이 없을 것입니다."

FSB 국장인 도로프는 환한 웃음을 지으며 말했다.

FSB의 개편안에 따라 그의 임기는 5년이 더 보장되었다. 특별한 문제가 없는 한 10년 이상도 가능했다.

"푸틴과 바이노와 관계된 자들은 다 처리하셨습니까?"

"예, 그들과 단 한 번이라도 접촉했던 인물들 모두를 FSB에서 물러나게 했습니다. 억울한 면이 있겠지만 탄탄한 조직을 만들기 위해서는 필요한 조치라고 생각됩니다."

도로프 국장은 더는 흔들림 없는 FSB를 만들기 원했다. 그래야만 그의 입지도 탄탄해질 수 있었다.

'후후! 자신만의 조직을 만들고 싶어 하는군.'

"충분히 필요한 조치입니다. FSB는 러시아 안보에 중추적인 역할을 해야 합니다. 옐친 대통령께서도 그 점을 강조하셨습니다."

"예, 말씀하신 대로 흔들림 없는 FSB가 될 것입니다. 또한 늘 도움을 주시는 강 회장님께 최선을 다하는 FSB가 될 것을 약속드립니다."

도로프 국장은 나에게 머리를 숙이며 말했다.

그의 위치와 임기를 내가 보장해 주고 있다는 것을 도로프는 잘 알고 있었다.

더구나 나와 함께해야만 러시아에서 부와 권력을 함께 누린다는 것도 말이다.

도로프 국장이 돌아간 뒤 새롭게 러시아군 총정보국(GRU)의 수장으로 올라선 마트베이 국장이 인사를 하기 위해 날 찾아왔다.

마트베이는 러시아 통합전략사령부 출신으로 코사크에 적극적으로 협조했던 인물이다.

나는 그를 옐친 대통령에게 천거했고 옐친은 내 추천을 받아들였다.

"과분한 자리에 올라설 수 있게 해주신 걸 진심으로 감사드립니다."

"충분한 능력이 되기 때문에 추천한 것입니다. 앞으로도 저희와 좋은 관계를 맺어나가길 바랍니다."

"물론입니다. 저를 믿어주신 만큼 그 믿음에 보답하는 모습을 보여 드리겠습니다."

마트베이는 군 출신으로는 드물게 모스크바대를 나온 인물로, 머리 회전이 빠르고 상황 판단이 뛰어났다.

더욱이 러시아의 앞날을 진심으로 걱정하는 군인 중 하나였다.

"하하! 듣기 좋은 말씀입니다. 코사크와 함께 러시아의 앞날을 밝히는 정보총국이 되었으면 합니다."

"예, 앞으로는 절대로 외부의 적들이 러시아를 넘보지 못하게 할 것입니다."

마트베이는 이번 켐핀스키 호텔과 크렘린궁 사태 때 가장 분노한 인물 중 하나였다.

러시아의 적대국 정보기관인 CIA를 끌어들인 권력자들의 행동에 참을 없는 분노를 내보였다.

그가 GRU의 수장으로 올라선 후 제일 먼저 한 일은 러시아 군부 내 인물 중, 외국 정보기관에 협조한 배신자들을 찾아내는 일이었다.

"마트베이 국장님 같은 분들만 계시면 러시아는 더 이상 흔들리지 않을 것입니다."

"감사합니다. 회장님의 뜻에 부응하는 일에도 최선을 다하겠습니다."

마트베이는 러시아의 앞날이 나의 손에 달려 있다는 것을 잘 아는 인물이었다.

나로 인해 발전한 룩오일NY와, 그에 속한 직원들이 어떤 대우와 만족감으로 살아가고 있는지도 말이다.

마트베이 또한 GRU를 그만두는 날 코사크에 입사하기를 원하고 있었다.

*　　　*　　　*

러시아의 정국은 빠르게 안정을 찾았다.

건재함을 알린 옐친 대통령의 대국민 담화와 키리엔코 연방총리가 이끄는 행정부가 발 빠른 조처를 취했기 때문이다.

가장 큰 변화를 맞이한 것은 내무부와 경찰 조직으로 24%에 해당하는 경찰들이 이번 사태로 인해 옷을 벗었다.

두 번이나 쿠데타에 참여한 내무부는 완전히 된서리를 맞아 핵심 인물들은 모두 물갈이되거나 가담 정도가 심한 사람들은 재판에 넘겨졌다.

내무부와 경찰 조직이 바뀌기 위한 작업에도 코사크가

참여하게 되었다.

내무부 직속이었던 경찰특공대(SOBR)와 폭동 진압 기동 경찰대(OMON: 검은 베레)를 러시아 경찰청 아래로 독립시켰다.

러시아 경찰청은 내무부에서 벗어나 독자적인 위치에 올라섰지만, 코사크와는 협조 체계를 갖추었다.

겉으로는 독자 체계였지만 경찰특공대와 폭동 진압 기동 경찰대는 코사크의 명령을 받는 조직으로 개편한 것이다.

일반 경찰들도 코사크에 적극적으로 협조할 수밖에 없는 상황이 되어버렸다.

키리옌코 총리의 도움 아래 코사크에 위협이 될 수 있는 정부 조직들에 대한 개편 작업을 반발 없이 끝마칠 수 있었다.

이번 사태를 통해 러시아 정부가 가지고 있던 눈과 귀를 비롯한 손발 역할을 하는 특수 조직들을 코사크의 영향력 아래에 둔 것이다.

이제 러시아에서는 코사크의 위상에 맞설 조직은 존재하지 못했다.

"모스크바를 비롯한 다른 도시의 CIA 비밀 지부들은 모두 정리되었습니다. 현재 체포된 CIA 요원만 27명입니다. 2차로 독립국가연합에 자리 잡은 조직들도 정리 작업에 들어갔습니다."

코사크 정보센터장인 쿠즈민의 보고였다.

러시아와 동유럽 책임자인 도널드 그레그를 확보한 후 파악하지 못했던 비밀 지부까지 정리되었다.

"CIA가 화들짝 놀랐겠군."

"아직 제대로 파악하지 못하고 있습니다. 미국 대사관이 상황을 파악하려고 하지만 정보 수집에 어려움을 겪고 있습니다."

CIA의 요원들과 그에 협조했던 러시아 정보원들에게서 들어오던 정보의 공급이 차단되었고, 역정보를 흘리고 있었다.

정보망의 붕괴가 너무 급작스럽게 이루어져 CIA는 제대로 대처하지 못하고 있었다.

더구나 미국과 관계를 맺었던 러시아 정치인들도 이번 사태로 인해 체포되거나 몸을 사리게 되었다.

그러다 보니 더더욱 정보의 흐름이 차단된 상황이었다.

"좋아, 이제는 동유럽의 거점을 처리하도록 하지. 굳이 우리의 손을 쓸 필요 없이 해당 나라의 정보국에 정보를 슬쩍 흘리는 방법을 이용하는 것도 검토해 봐."

CIA의 비밀공작 활동을 알면서 그대로 두고 싶은 나라는 없었다.

구소련의 해체와 함께 찾아온 동유럽의 자유 시대는 적지 않은 혼란을 가져왔고, 그 혼란을 틈타 CIA는 KGB가 차지했던 자리를 파고들었다.

미국 정부와 서유럽의 나라는 동유럽 국가들에 대한 경제 지원을 앞세우며 러시아의 영향력을 축소하고자 했다.

"예, FSB와 협의를 하겠습니다. 하지만 몇몇 나라의 정보기관들에는 CIA에 넘어간 인물들이 있어 이들부터 처리해야 할 것입니다."

CIA는 혼란한 상황을 틈타 이중 첩자를 심었다.

도널드 그레그와 피터가 자백한 이야기를 통해 입수한 정보였다.

"그에 대한 정보도 흘려. 그들도 CIA가 어떤 방식으로 일을 처리하는지를 충분히 인지할 수 있도록 말이야. 우리를 건드린 대가를 충분히 치르도록 해야 하니까."

"물론입니다. 다시는 회장님을 노리지 못하도록 해야 합니다."

김만철 경호실장의 말이었다.

러시아와 물론 독립국가연합에 침투한 CIA는 이번 기회에 모두 처리할 예정이다.

코사크 타격대와 FSB의 알파부대가 선봉에서 작전을 벌이고 있었다.

"받은 만큼 이상으로 돌려주어야 놈들이 정신을 차릴 것입니다."

티토브 정 또한 김만철의 말에 덧붙였다.

지금껏 CIA를 등에 업은 웨스트와 이스트 세력이 내 목숨을 노리며 시도한 것이 다섯 번이나 되었다.

수세적인 방어에서 이제는 공세적으로 나설 준비를 할수 있게 되었다.

어렴풋이 알고 있던 웨스트와 이스트에 대한 정보들이이제는 확연해졌기 때문이다.

*　　　*　　　*

조지 테닛 CIA 국장은 러시아에서 보내온 자료에 인상을 찌푸렸다.

3백억 달러의 정보 자산과 1만 6천 명의 정보요원을 관리하는 조지 테닛 국장의 나이는 44살로, 작년 말 새롭게 CIA의 국장에 올라섰다.

"도널드 그레그가 사라졌다니? 이게 말이나 되는 소리야?"

도널드 그레그 동유럽 현장 책임자는 조지 테닛 국장의 3년

후배로 남미에서 함께 작전을 벌이기도 했다.

"그뿐만이 아닙니다. 러시아의 정보망이 허물어진 것 같습니다. 도널드 그레그 현장 책임자의 실종이 보고된 것도 3일이나 지난 후였습니다."

"심각하군. 러시아 책임자가 사라진 것을 이제야 알다니. 다른 친구들은 뭐 하는 거야?"

테닛 국장은 질책하듯이 말했다.

구소련과의 냉전을 승리로 이끄는 데 중요한 역할을 한 CIA의 모습이 아니었다.

"실종된 인물들이 그레그뿐만이 아닙니다. 모스크바와 상트페테르부르크를 비롯한 러시아 각 도시의 책임자와 요원들도 연락이 되지 않고 있습니다. 현재 모스크바로 요원들이 진입을 시도하고 있지만 여의치가 않습니다."

"이게 모두가 구소련을 무너뜨렸다는 자만심이 만들어낸 일이야. 구소련이 붕괴된 이후 CIA는 새로운 국제 변화에 전혀 적응하지 못하고 있잖아. 어떻게 정보망이 일시에 붕괴될 수 있나?"

CIA는 구소련의 붕괴에 이어 보수파의 쿠데타를 통해서 KGB와 러시아 군부의 힘까지 약화시켰다.

한마디로 이 세상에서 CIA를 맞상대할 정보 조직이 없다고 해도 과언이 아닐 정도가 되었다.

강력한 적이 사라진 과도기적 상황에 놓이자 CIA는 정체
성의 문제를 겪었고, 지난 6년간 5명의 국장이 교체되며 지
도부가 안정되지 못했다.

"죄송합니다. 그리고 아직 확인 중에 있습니다만 코소보
에 머물던 고스트 부대도 러시아에서 사라진 것 같습니다."

"고스트라니? 그건 또 무슨 말이야?"

조지 테닛 CIA 국장은 아직 거대한 CIA 조직에 대해 파
악을 하지 못했다.

"고스트 부대는 코소보에서 작전을 펼치고 있는 부대였
습니다. 이들은 중동과 남미에서 펼친 작전에서······."

고스트 부대에 대한 설명이 이어졌다.

"이들의 이동을 왜 내게 보고하지 않았나?"

"그게··· 고스트 이동은 에임스 부국장의 지시로 이루어
졌습니다."

에임스 부국장은 조지 테닛과 CIA의 국장 자리를 놓고
경쟁을 벌인 관계였다.

더구나 그의 뒤에는 웨스트 세력의 핵심인 금융과 언론
이 있었다.

새롭게 국장이 된 조지 테닛은 군산복합체의 지원과 백
악관을 등에 업고서 CIA를 장악하고자 했다.

이러한 주도권 싸움으로 인해 다섯 명이나 되는 CIA 국

장이 교체된 것이다.

"에임스가 CIA의 국장이 아니잖아. 이러한 심각한 상황이 발생했으면 즉각적으로 보고했어야지. 앞으로 이 일과 관련된 모든 일은 나에게 직접 보고해."

"알겠습니다."

"해결책을 빨리 모색해. 그리고 코사크에 대한 정보를 가지고 와. 에임스가 왜 표도르 강을 노렸는지도 말이야."

테닛 국장은 이번 기회를 이용해 에임스 부국장을 자리에서 쫓아내려고 했다.

국장인 자신을 무시하고 CIA를 사조직화하려는 웨스트의 움직임은 도를 넘어선 지나친 행위였다.

미소 냉전 시대 웨스트의 막대한 금융 지원은 구소련의 몰락으로 이어진 승리는 물론 남미의 좌파 세력 척결 작전에도 지대한 공헌을 했다.

이는 수십 년을 싸워온 KGB에 대한 값진 승리였고, 미국을 지구상에 있는 어떤 나라보다도 강력한 국가로 올려놓은 일이었다.

위대한 승리를 끌어내기 위해 웨스트의 간섭을 묵인했던 CIA 조직을 이제는 되찾아올 때가 된 것이다.

*　　　*　　　*

해가 바뀌자마자 대웅그룹과 나산그룹이 부도가 났다.

두 기업의 주거래은행인 서울은행과 한일은행이 자신들도 살아남기 위해 추가 대출을 더는 허용하지 않았기 때문이다.

다른 시중은행들도 상황은 마찬가지로, 대기업들의 잇단 부도와 주가 폭락 등으로 작년 한 해 동안 무더기 적자가 발생했다.

기업 대출을 적극적으로 진행했었던 조흥, 상업, 제일, 한일, 서울, 동화, 한미, 평화, 동남, 대동은행 등 10개 시중은행은 적자를 냈다.

은행이 적자가 난다는 것은 지금껏 생각지도 못했던 일이었다.

이 중에서 가장 큰 적자를 낸 은행은 제일은행과 서울은행으로 각각 1조 4천억 원과 8천억 원의 적자가 났다.

이와는 달리 소매금융에 치중했던 국민, 신한, 주택, 하나, 보람은행 등 6개 은행만이 흑자가 발생했다.

3월 말까지 국제결제은행(BIS) 자기자본비율을 맞추기 위해 은행들은 필사적이었다.

이것이 곧 생존의 갈림길이었다.

이 때문에 대출은 물론 수출환어음 매입을 여전히 꺼리

고 있었다.

그나마 다행스러운 것은 2천 원대를 돌파했던 원화 환율이 1,800원대로 떨어졌고, 무섭게 치솟던 회사채와 CD 가격도 하락 반전했다는 점이다.

이러한 상황에도 닉스홀딩스 계열사와 소빈뱅크는 큰 이익을 내고 있었다.

막대한 달러를 보유하고 있는 소빈뱅크는 급격하게 변동하는 원화 환율을 이용하여, 한 달간 5억 4천만 달러의 수익을 올렸다.

주식시장에서도 선별적으로 투자를 진행하여 주가 상승에 따른 차익을 발생시켰다.

또한 해가 바뀌면서 급락 중인 엔화 거래를 통해서도 상당한 이익을 만들어가고 있었다.

"현재 인수가 확정적인 동남은행에 대한 실사를 진행하고 있습니다. 서울은행은 저희와 함께 시티, 체이스맨해튼 은행이 인수를 타진하고 있습니다. 서울은행의 인수 자금은 대략 1억 달러로 보고 있습니다."

모스크바에 들어온 소빈뱅크 서울 지점장인 그레고리의 보고였다.

소빈뱅크는 서울 지점의 확대를 위해 매물로 나올 국내

은행을 인수하기로 했다.

시티은행과 체이스맨해튼은행은 서울은행에 대한 부정적인 보고서를 작성하여 가격을 떨어뜨리려고 시도 중이었다.

"음, 제일은행은 부실채권 때문에 인수에 나서지 않나 보지?"

"예, 제일은행은 과도한 부실채권으로 사실상 파탄 지경에 이르렀습니다. 작년 1조 4천억 원의 적자가 났다고 발표했지만, 대손충당금을 모두 반영하지 않은 거였습니다."

대손충당금은 은행이 돈을 빌려준 후, 받을 돈 일부는 회수되지 못할 가능성이 있으므로 회수 불가능한 채권 금액을 합리적으로 미리 추정하여 은행 수익의 일부를 충당해 둠으로써, 돈을 회수하지 못해 자본이 잠식되는 것을 막기 위한 자금이다.

"적자가 1조 4천억 원을 넘을 수도 있다는 말이군."

"예, 12월 부도가 난 보영그룹의 부실채권만 3천5백억 원에 달합니다. 이 금액은 아직 적용되지 않은 것 같습니다."

"외환은행 쪽은?"

소빈뱅크는 서울은행보다 외환은행을 노리고 있었다.

"한국 정부에서 외환은행에 대한 매각을 고려하지 않고

있는 것 같습니다."

"음, 아직은 시기상조인가. 구조조정에 대한 대책은 어떻게 진행되고 있지?"

은행을 인수하게 되면 구조조정은 필수였다.

하지만 아직 한국은 러시아처럼 인원 정리를 함부로 할 수 없었다.

"다음 주에 열리는 임시 국회에서 부실 금융기관에 대한 정리 해고제 도입을 처리할 예정입니다. 김대중 대통령 당선인이 강력하게 요구하고 있습니다."

해외 민간투자가를 설득하기 위해서는 금융기관의 우선적인 정리 해고가 불가피했다.

여야는 금융산업구조개선에 관한 법률개정안을 통해서 부실 금융과 정리 해고를 합법화시킬 예정이었다.

은행은 한 번 들어가면 자발적 퇴사가 아닌 이상 그동안 철밥통을 자랑했었다.

하지만 이제는 회사의 이익에 따라 어느 때든 정리 해고를 당할 수 있게 된 것이다.

"경제력을 갖추기 위해서는 모두를 끌고 갈 수는 없으니까."

생각 같아서는 인수한 은행의 직원들을 구조조정 없이 끌고 갈 생각도 있었지만, 현실은 그렇지 못했다.

우물 안 개구리처럼 무사안일과 기존 영업 방식을 고수하는 형태로는 금융 경쟁력을 갖출 수가 없었다.

더구나 기존 은행 직원들은 급격하게 변화하는 국제금융의 형태를 따라올 준비가 되어 있지 않았다.

소빈뱅크가 구조조정에 따른 개혁과 양질의 교육을 통해 달라진 것처럼 인수 대상의 은행들에 근무하는 직원들도 바뀌어야만 한다.

이번 경제 위기를 기회로 삼아 한국과 러시아를 탈바꿈시켜야만 했다.

그래야만 웨스트와 이스트에 대한 반격의 카드를 만들 수 있었다.

Chapter 11

한국과 러시아 둘 다 경제적 어려움에 부닥친 상황에서 닉스홀딩스와 룩오일NY는 외환 위기에도 큰 영향을 받지 않았다.

이는 한국과 러시아가 가지고 있는 보유 외환보다도 더 많은 달러를 두 그룹이 보유하고 있기 때문이다.

대외 경제 여건이 하루가 다르게 악화되어 가자 국제 경쟁력이 떨어지는 러시아 기업들의 체불 임금이 지속적으로 늘어나 1백억 달러에 육박하고 있었다.

러시아 경제의 70% 이상을 자치하는 석유와 광물자원의

국제가격이 내려가고 있는 점도 위기를 한층 부채질하고
있었다.

룩오일NY Inc를 제외한 러시아 에너지 기업들은 이러한
가격 하락에 충분한 대비를 하지 못했다.

아시아의 외환 위기에 따른 국제 원자재 수요 감소 또한
예상치 못한 일이었다.

한국과 동남아시아 국가들이 외환 위기로 인한 구조조정
에 들어가는 환경에서 진행되던 대규모의 투자가 중단되
고, 잡혀 있던 계획도 취소되는 상황은 우량 기업들의 투자
마저 위축되게 만드는 요인이었다.

이러한 여파는 한국에 이어 일본도 영향을 받았고 중국
도 그 범위 안에 들어왔다.

하지만 북한만은 그 범위를 벗어나고 있었다.

신의주를 비롯한 북한 전역의 교통망을 새롭게 구축하기
위한 대규모 투자가 진행되고 있었기 때문이다.

작년 한 해 신의주 특별행정구는 중국의 상하이보다 더
큰 성장세를 이루었다.

신의주 특별행정구에 세워진 공장들에서 생산되기 시작
한 제품들이 본격적으로 전 세계로 팔려 나가기 시작했기
때문이다.

특히나 값싸고 질 좋은 신의주 특별행정구의 제품들이

중국의 동북 3성을 파고들었다.

중국 제품보다 월등히 우수한 제품이었지만 가격은 중국 제품과 별반 차이가 없었다.

"특별행정구에서 만들어진 생활용품과 식료품들이 만드는 대로 모두 팔려 나가고 있습니다."

도시락마트 중국 책임자인 신대성 지사장의 보고였다.

지린성과 랴오닝성, 그리고 헤이룽장성으로 이루어진 동북 3성에는 9개의 도시락마트가 자리 잡고 있었다.

안산시와 푸순시, 그리고 하얼빈시에 건축 중인 3개의 도시락마트가 올봄에 오픈하면 12개로 늘어난다.

올해 말까지 중국에 15개 지점을 늘릴 예정이며 3개의 도시락마트는 매입한 건물의 개조 공사가 한창이다.

"품질의 차이가 날수록 중국인들은 신의주에서 생산되는 제품을 더욱 찾을 것입니다. 제품에 하자가 없도록 특별히 신경을 써야 합니다. 그리고 신의주에서 만들어진 제품들이 한국 내에서도 인기가 높다는 점도 지속적으로 홍보를 하십시오. 한국 사람이 쓰는 제품을 자신들도 쓰고 있다는 것을 일종의 프리미엄으로 여길 수 있게 말입니다."

동북 3성은 아직까지 연해 지역처럼 활발한 투자가 이루어지지 못했다.

더구나 물류 시스템의 낙후로 인해 연해주에서 만들어진 제품들이 동북 3성으로 전달되는 데에도 긴 시간이 필요했다.

물류 비용의 상승은 고스란히 제품에 부과되었고, 저장 시설도 부족한 상황이라 중국의 각 성을 넘어설 때마다 가격이 변동되었다.

도시락마트가 동북 3성에 진입하는 동시에 진행한 것이 물류 시스템의 구축이었다.

이를 위해 러시아와 동유럽에서 물류망을 성공적으로 구축한 부란이 움직였다.

"예, 현지 신문과 전단을 활용해서 홍보하고 있습니다. 회장님의 말씀처럼 중국인들도 그 점을 서서히 인지하고 있습니다."

신대성 지사장의 말처럼 같은 제품이라도 한국 공장에서 만든 제품과 중국 현지 공장에서 만든 제품은 확연히 달랐다.

한국인과 중국인의 생산 능률이 3~4배 정도 차이가 났다.

이것은 교육과 환경적인 요인, 그리고 민족성에서 오는 차이였다.

"조선족 자치주에서 생산되는 농축산물들은 어떻습니까?"

"현지에 맞는 최적의 재배 품종을 선택해 지속적으로 관리한 덕분인지 동북 3성은 물론이고 중국 전역에서 생산되는 어떤 농축산물보다 품질이 우수합니다."

도시락마트는 옌벤 조선족 자치주와 계약을 체결하여 도시락마트에서 판매하는 농축산물 공급 계약을 체결했다.

옌벤 자치구 내 농민들의 경제 활동을 돕고 원활한 농축산물의 공급을 받기 위해서였다.

도시락마트의 자금과 기술 지원을 통해서 소, 돼지, 오리, 닭 등을 기르는 농장을 옌벤 자치 지역 내에 구축했다.

이를 위해 도시락마트는 1천억 원을 투자하여 영농법인을 옌벤 자치주와 합작으로 설립했다.

중국에서 농축산사업은 해마다 15% 이상 성장세를 보였고, 작년에는 20%를 넘어섰다.

"중국은 현대화된 축산 시설을 갖춘 곳을 찾아보기 힘듭니다. 아직까지 집단화된 생산 단지가 아닌 소규모로 소와 돼지를 기르는 농민들이 대부분입니다."

도시락 해외영업부 중국 담당인 정태호 전무의 말이었다. 중국인의 소득이 올라가면서 육류에 대한 소비가 늘고 있었다.

"정 전무님의 말씀처럼 육류에 대한 소비가 늘면서 중국에도 대규모 농장들이 등장하고는 있지만, 시설 면이나 사육두수를 비교해도 도시락 옌볜 농장과는 큰 차이를 보이고 있습니다. 올해 가동에 들어간 신의주 사료공장과 함께 옌볜 농축산가공공장에서도 본격적인 출하가 이루어지고 있습니다."

도시락은 중국에서 먹거리로 승부를 걸고 있었다.

주먹구구식으로 만들어지는 중국의 식자재와 식료품의 품질은 한국과 비교하면 현격히 떨어졌다.

중국은 현재 불량식품은 물론 변질된 식료품이 버젓이 유통되고 있었다.

더구나 인체에 절대적으로 좋지 않은 화학약품을 이용하거나 첨가한 식품도 문제없이 판매되고 있었다.

중국은 아직까지 식료품과 가공식품에 대한 중국 정부의 판매 규정과 검사 기준이 확실치가 않았다.

이 때문에 식료품과 식자재로 인한 사고가 끊이질 않았다.

먹거리에 대한 불신이 날로 심각해지자 도시락과 도시락 마트에서 판매되는 제품들이 인기를 끌 수밖에 없는 상황이었다.

"북한의 용천군과 동림군의 농장들은 어떻게 진행 중입니까?"

신의주역과 연결된 용천역과 동림역 주변 지역에 대규모

농장 설립을 작년부터 진행했다.

두 목장은 비옥한 황토와 깨끗한 물, 그리고 해양성 기후 덕분에 친환경 목장을 운영하기에는 최적의 자연 환경을 갖추고 있었다.

소들이 마음껏 뛰어놀 수 있도록 조성된 용천목장과 동림목장에서는 고기소와 함께 젖소를 사육하는 목장을 운영 중이었다.

작년부터 남한에서 한우 천 마리와 젖소 천오백 마리를 순차적으로 들여왔다.

목장에서 생산된 신선한 우유를 신의주 특별행정구에 있는 우유 공장과 분유 제조 공장으로 보내고 있었다.

우유 공장과 분유 제조 공장은 외환 위기로 인해 자금난에 빠진 회사로부터 도시락이 인수한 공장들이었다.

"북한의 직원들이 이제는 전문가가 다 되었습니다. 현재 두 농장에서 하루에 생산되는 우유는 37톤입니다. 신선도를 유지하기 위해 아침에 집유를 끝내고 오전에 바로 공장에 공급되어 제품 제작에 들어가……."

도시락의 상표를 달고 생산되는 우유와 분유는 북한과 중국에 전량 공급되어 판매되고 있었다.

신의주시에 만들어진 도시락마트는 소득이 높아진 북한인은 물론 중국의 단둥시를 비롯한 중국인들도 대거 찾고 있었다.

도시락마트가 세워진 곳들은 인구수는 물론 철도와 도로가 발달한 교통의 요지들이었다.

"도시락에서 만든 제품들이 중국 제품과 비교해 가격이 높은 편이지만 관세가 없는 상황에서는 아주 저렴하다고 보면 됩니다. 중국인들의 소득이 늘어날수록 먹거리에 대한 관심이 더욱 늘어나게 될 것입니다. 다양한 제품들과 좋은 품질을 계속해서 유지하고 발전시켜서 중국인들이 도시락에서 헤어나지 못하게 하십시오."

소비와 투자는 수요 측면에서 경제를 이끄는 양대 축이다. 소비의 원천은 가계소득이고, 투자의 원천은 기업이 번 이윤이다.

중국은 현재 투자와 수출로 고도성장을 이끌어가고 있다. 하지만 시간이 지나면 내수의 중요성을 인지할 때가 온다.

중국인의 가계소득이 높아지면 입고 먹는 것이 달라진다.

상하이와 베이징에 고급 음식점들이 문전성시를 이루는 것처럼 동북 3성도 변화할 수밖에 없다.

그 변화가 이루어지기까지 도시락은 중국의 입맛을 사로잡는 먹거리와 농축산물 시장을 장악할 계획을 하고 있었다.

첨단 제품이 아닌 가장 기본이 되는 시장과 유통시장을 장악하는 것이 중국에서의 승리였다.

"알겠습니다. 라면 시장과 소스 시장에서도 도시락의 입지가 점점 높아지고 있습니다. 중국인들의 입맛을 사로잡는 제품들이 올해도 계속 출시될 예정입니다."

중국인의 자랑이 될 라오간마 고추기름 소스는 일찌감치 도시락이 인수하여 15종류 이상의 제품으로 만들어져 판매되고 있었다.

도시락마트에서도 최고의 판매 상품 중에 하나가 된 도시락 고추기름은 중국 전역에서 매일 23만 병이 불티나게 팔려 나갔다.

고추기름을 비롯한 소스류의 판매량은 하루가 다르게 늘어나고 있었다.

*   *   *

한라그룹의 정태수 회장은 굳은 표정으로 여의도 창밖을 바라보고 있었다.

그가 바라보고 있는 곳은 다음 달이면 완공되는 닉스홀딩스 본사 건물이었다.

한라그룹은 하루하루 살얼음판을 걷는 것처럼 해를 힘겹

게 넘겼지만, 회사의 사정은 더 악화 일로에 있었다.

팔 수 있는 계열사와 돈이 되는 부동산을 최대한 정리했지만, 만기로 돌아오는 어음은 줄지 않았다.

4일 전 대용그룹이 무너지는 것을 본 이후부터 잠이 오지 않았다.

"이렇게 끝낼 수는 없어……."

내일 한라건설에 돌아오는 168억짜리 어음을 결제할 자금을 구하지 못했다.

한라건설은 끝까지 한라그룹의 발목을 잡았다.

자금을 구하기 위해 백방으로 노력했지만, 어느 곳에서도 원하는 돈을 내주는 곳이 없었다.

정태술은 작은 잡화점에서 시작해 29년 만에 한라그룹을 10대 그룹으로 성장시켰다.

갖가지 편법과 불법적인 인수 합병을 동원해서 이룩한 일이었지만, 대그룹의 회장인 되고 난 후에는 그 누구도 그걸 따지지 못했다.

자신이 뱉은 말 한마디에 안 되는 일이 없었고 해외 유수의 명문대를 나온 인재들이 자신에게 고개를 숙이고 허리를 굽혔다.

하지만 이제는 10대 그룹에 견줄 만한 덩치가 아니었다. 흑자를 내는 대부분의 계열사를 매각한 지금, 30대 그룹에도 끼지 못할 정도로 사세가 쪼그라들었다.

"어떻게 이룬 그룹인데… 강태수 그놈은 어떻게 하길래 이 상황에서도 회사를 인수할 수 있는 거야."

똑같은 외환 위기 앞에서 어떤 놈은 승승장구하고 자신은 초라한 상황에 놓인 것이 믿기지 않았다.

닉스홀딩스는 이달 들어 블루오션반도체가 삼성전자의 반도체 사업 부분을 인수한다고 공식적으로 발표했다.

언론은 블루오션반도체가 삼성반도체에 이어 LG반도체와도 인수 합병에 관한 협상을 벌이고 있다고 전했다.

그때였다.

기다리던 김웅석 비서실장이 회장실로 급하게 들어왔다.

"어떻게 됐어?"

마지막으로 한라그룹의 본사 건물과 양재 땅을 팔기 위해 한라그룹은 그렇게 증오했던 소빈뱅크의 문을 두드렸다.

덩어리가 큰 땅이라 막상 팔려고 하자 임자가 나타나지 않았다.

양재동 부지는 마지막까지 쥐고 있으려고 했던 땅이었다. 정태술 회장은 그곳에 아파트를 지으려고 했다.

외환 위기가 터지지 않았다면 실현될 수도 있었던 일이었다.

"본사 건물까지 2천2백억 원을 주겠다고 합니다."

"미친놈들! 아무리 적게 잡아도 2천7백억 원을 넘게 받을 수 있는 것을."

쾅!

정태술은 응접탁자를 내려치며 말했다.

매각 대금을 받아도 이 중 절반은 돌아오는 어음을 갚기 위해 이달 내로 은행에 들어갈 돈이었다.

"그리고 본사 건물을 매입하게 되면 바로 비우라고 합니다."

"뭐? 우리가 다시 임대로 들어가는 거로 이야기하라고 했잖아."

"이 건물을 바로 쓰겠다고 합니다. 한 달 안에 건물을 비워야지만 매입을 하겠다고 합니다."

"이런 양아치 새끼들! 완전히 우릴 가지고 놀려고 들어."

치밀어 오르는 분노로 탁자를 내려친 손이 부들부들 떨렸다.

한 달 만에 방을 빼라는 것은 생각지도 못한 일이었다.

쓰러져 가는 기업들이 앞다투어 부동산을 시장에 쏟아내고 있는 상황에서 그나마 임자가 나타날 때 팔 수 있는 것이 다행스러운 일이었다.

부도로 쓰러진 대용그룹도 계열사의 매각 지연이 결정적으로 작용했다.

"30분 내로 연락을 주지 않으면 보영그룹과 이야기를 나눈다고 했습니다."

미르재단에 속한 기업들은 누구나 할 것 없이 살아남기 위해 안간힘을 쓰고 있었다.

보영그룹도 국내외 모든 은행과 접촉 중이었다.

"정말이지 러시아 놈들과는 상종하지 말아야 하는데… 그 조건에 넘긴다고 해."

정태술 회장은 입술을 앙다물며 말했다.

어떡하든지 버터야 했다.

어렵게 만난 천산이 정태술에게 3월이 되면 새로운 길이 열린다고 했기 때문이다.

Chapter 12

    러시아의 정치적인 문제가 얼추 정리되는 상황이 되자
경제적인 문제에 집중하기 위해서 귀국을 미뤘다.

    계획대로라면 한국에서 새해를 맞이할 생각이었지만, 크
렘린궁 3인방이 벌인 쿠데타는 날 러시아에 묶어두었다.

    러시아 정부가 룩오일NY에 넘긴 국영기업에 대한 구조
조정 작업도 마무리해야만 했다.

    한편으로 카스피해 연안에 자리 잡고 있는 광구들에 대
한 조사도 본격적으로 진행해야만 했다.

    룩오일NY Inc는 러시아는 물론 카스피해를 둘러싸고 있는 카자흐스탄, 우즈베키스탄, 투르크메니스탄, 아제르바이잔과 협력 관계를 통해서 원유와 천연가스 등 지하자원 확보에 더욱 열을 올리고 있었다.

러시아에서 독립한 이들 4개 나라에선 94년부터 외국 자본들의 투자가 러시를 이루었고, 지금까지 6백억 달러라는 거액이 투자되었다.

이로 인해 중앙아시아 국가들의 경제 성장률이 5~18%로 증가했고 구매력은 14% 이상 높아졌다.

현재까지 카스피해 연안에서 확인된 원유 매장량은 8억 9천만 톤이었지만, 채굴 가능한 실제 매장량은 수백억 톤에 이르며 내륙 지방의 매장량까지 합칠 경우 중동 지역 전체의 매장량을 능가할 것으로 추정되었다.

이 때문에 다음 세기의 세계 에너지 공급을 카스피해의 석유가 좌우할 것이라는 전망이 나오고 있었다.

이로 인해 전 세계 20여 개의 메이저 석유 회사를 포함한 25개국 60여 개의 대기업들이 3백억 달러에 달하는 달러를 쏟아부으며 광구 확보를 위해 치열한 경쟁을 벌이고 있었다.

그러나 카스피해는 세계에서 제일 큰 호수이지만, 말 그대로 호수이기 때문에 세계 시장 진출을 위해 해외로 석유를 운송하기 위해서는 고가의 인프라인 파이프라인이 필요하다.

카스피해 연안 국가들이 소련에 속해 있을 때는 문제가 되지 않았지만, 독립 후에는 문제가 달라졌다.

외부로 석유를 수송하기 위해서는 러시아의 파이프라인을 이용할 수밖에 없기 때문이었다.

러시아를 등에 업고 4년 전부터 꾸준한 투자를 진행했던 룩오일NY Inc는 작년 12월에 아제르바이잔의 카스피해 연안 시라크 1광구에서 수출용 원유를 본격적으로 채굴하기 시작했다.

"카자흐스탄에서 현재까지 확인된 원유 매장량은 6억 8천 톤입니다. 하지만 실제 매장량은 125억 톤 이상으로 추정되고 있습니다. 이는 카스피해 국가 중 최대 보존량입니다."

룩오일NY Inc의 대표인 니콜라이의 보고였다.

"우리가 확보한 광구는 얼마나 되지?"

"갈라즈와 카샤간, 아티라우, 아다광구를 확보하고 있습니다. 이 중 갈라즈와 아다광구에서 올해부터 시험 생산에 들어갈 예정입니다."

룩오일NY Inc는 어떤 석유 메이저사보다 발 빠르게 중앙아시아에 진출해 광구를 확보했다.

더구나 카샤간광구에서는 앞으로 100억 배럴에 가까운

거대 유전이 발견된다.

"그동안 우리가 이익을 떠나 꾸준히 각 나라에 투자한 결과물이야. 천연가스의 매장량은 확인되었나?"

"예, 중앙아시아의 천연가스 매장량은 6조 8천억㎥로 한국이 전적으로 소비할 경우 620년을 사용할 분량입니다."

"좋아, 천연가스도 충분히 확보해야 해. 석유와 천연가스 모두 해외로 보낼 수 있는 파이프라인이 문제가 될 거니까."

"예, 최소한 30%는 확보하려고 합니다. 현재로서는 저희가 운영하는 바쿠 파이프라인을 이용해야만 외부로의 송출이 가능합니다."

바쿠와 체첸공화국을 거쳐 흑해의 노보로시스크로 이어지는 파이프라인을 룩오일NY가 가지고 있었다.

러시아의 정부와 가스프롬, 그리고 체첸이 가지고 있던 파이프라인 지분을 모두 인수했다.

100% 지분 확보로 흑해와 카스피해에서 유럽으로 보내지는 석유와 천연가스는 룩오일NY의 파이프라인에 의존할 수밖에 없었다.

또한 바쿠에서 그루지야로 이어지는 파이프라인도 올해 중순이면 개통된다.

카스피해 원유가 이 루트로 운반되는 과정에서 룩오일

NY는 거액의 통과료를 받게 되는 것이다.

"광물자원의 확보는 어떻게 진행되고 있나?"

"철광석과 망간, 금, 우라늄 광산에 대한 개발권을 확보했습니다. 특히나 우라늄은 세계 최대 매장량을 자랑하는 카라타스 광산을……."

카자흐스탄을 비롯한 중앙아시아 국가들은 러시아 못지않은 풍부한 광물자원을 자랑하고 있었다.

세계적인 매장량을 자랑하는 철광석과 금, 망간, 은 등은 물론 우라늄 매장량은 세계 최고였다.

국제 광물 시세를 움직일 정도로 커진 닉스코어는 러시아, 중부아프리카와 호주, 칠레, 북한에 이어 소련에서 독립한 중앙아시아 국가에 작년부터 본격적으로 진출했다.

룩오일NY Inc가 확보한 광산들도 닉스코어에게 넘어갔다.

자원 부국으로 올라선 중앙아시아는 서유럽의 1.5배의 크기였고 6천5백만 명의 인구를 가지고 있었다.

중앙아시아의 4개 나라 중 우즈베키스탄의 대우자동차와 일부 석유화학 공장을 제외하면 기간산업과 사회간접자본시설은 거의 없다시피 한 실정이다.

각국 정부는 자원 개발에서 벌어들인 자금으로 도로와 공항, 항만시설, 통신시설, 댐 건설은 물론 주택 건설에 집중하고 있었다.

이로 인해 바쿠와 알마티 등 대도시에서는 고급 외제 승용차들이 거리를 가득 메우고 있었고, 도시 중심가에는 명품 의류 전문점이 즐비하게 생겨났다.

더욱이 쇼핑몰을 비롯한 십여 개의 대형 카지노까지 생겨나 관광객을 끌어들였다.

룩오일NY와 닉스홀딩스는 이들 나라의 경제 개발과 인프라 건설에도 깊숙이 관여하고 있었다.

*   *   *

하루 종일 이어진 회의를 마치자 피곤함이 절로 밀려왔다.

남북한과 러시아를 벗어나고 있는 사업들은 아프리카와 유럽은 물론 북미와 남미까지 아우르고 있었다.

각 나라에서 운영 중인 사업장에서 근무하는 직원들만 20만 명을 넘어섰다.

신구와 강호와 함께 3명에서 출발한 작은 사업이 어느새 전 세계를 아우르는 거대 기업으로 성장한 것이다.

"정말, 멀리도 왔어."

집무실 위층에 자리 잡은 전용 휴게실에서 보이는 크렘

린궁이 오늘따라 작게 느껴졌다.

처음 모스크바를 방문했을 때 크렘린궁은 왠지 모를 장엄함과 위엄이 가득했다.

지구상에 가장 강력한 국가 중 하나인 러시아의 통치자가 거주하는 곳이라는 것 때문인지도 몰랐다.

하지만 이제는 붉은 광장 앞에 우뚝 서 있는 크렘린궁보다 스베르 광장을 중심으로 한 룩오일NY 센터가 모스크바의 핵심으로 자리 잡았다.

키리엔코 연방총리를 비롯한 국방장관과 외무부장관, 그리고 러시아의 경제 운영을 총괄하는 알렉산드로 쇼한 경제 담당 부총리가 수시로 스베르를 찾아와 러시아의 국정 운영에 대해 상의하고 자문을 구했다.

그들이 가야 할 곳은 크렘린궁이었지만 옐친 대통령의 건강 문제로 중요 협의를 나와 함께하고 있었다.

이는 크렘린궁 3인방으로 인해 대통령궁 비서실과 행정실의 권한이 축소된 요인도 있었지만, 나의 위상과 영향력이 옐친 대통령을 넘어서고 있다는 방증이었다.

총리실과 행정부의 권한이 더욱 강화된 지금 옐친 대통령은 중요 결재 상황과 외국 사절의 만남만을 처리하고 있었다.

"이제 정말 러시아의 차르가 되신 것 같습니다."

김만철이 고급 와인이 담긴 술잔을 손에 들고 내 옆에 서며 말했다.

날 처음 차르라고 부르기 시작한 것은 러시아의 마피아들이었다.

"기회를 잡으려고 이곳에 온 것뿐인데, 이렇게까지 될 줄은 몰랐습니다."

도시락을 운영하게 되면서 러시아에 라면을 판매하기 위해 블라디보스토크에 첫걸음을 내디뎠다.

그러한 시도가 파문처럼 커져 이제는 정말 러시아의 차르라고 불려도 손색이 없는 위치에 올라선 것이다.

"이건 회장님이 타고나신 운명입니다. 지금까지 이루어오신 일들을 볼 때 그 말 외에는 설명할 방법이 없습니다."

김만철 경호실장의 대답처럼 말로는 설명할 수는 없는 일들의 연속이었다.

아무리 미래를 안다고 해도 한 나라의 운명을 바꿀 수 있는 위치와 힘을 가질 수는 없었다.

더구나 닉스홀딩스와 룩오일NY의 성장도 내 능력을 벗어난 일이었다.

나름대로 많은 노력을 한다고는 하지만 이렇게나 짧은 시간에 거대 기업으로 성장할 수 있었던 것은 그 어떤 말로도 설명하기 힘들었다.

"운명이라고 믿어야 할까요? 이전의 운명은 형편없었는데 말입니다."

"하하! 어릴 때를 이야기하시는 것입니까? 누구나 다 어린 시절에는 자신을 잘 모르고 행동하지요."

김만철은 내 말의 뜻을 이해하지 못했다.

과거로 오기 전의 나는 나 자신도 제대로 간수하지 못하는 철없는 인간이었을 뿐이다.

아니, 가족과 주변 사람들에게 아픔과 피해만을 끼쳤던 실패한 인생이었다.

"그럴 수도 있겠네요. 한데 제가 생각해도 지금의 성장세가 너무 빠르네요. 더구나 멀리하려고 했던 정치권력까지 신경을 써야 하니까요."

인생을 다시 시작했다고 솔직히 말해도 김만철은 농담으로 받아들일 것이다.

하지만 그래도 마음속에 있는 고민을 마음껏 꺼내놓을 수 있는 사람 중의 하나였다.

"그럴수록 더욱 강하게 마음을 다잡으셔야 합니다. 회장님이 굳건하셔야 러시아는 물론이고 남북한에 있는 모든 직원들이 지금보다 나은 꿈을 꿀 수 있습니다. 저도 회장님을 만나고 난 후 삶의 참 의미를 알게 되었으니까요. 회장님은 우리 모두에게 희망과 꿈을 선사해 준 분이십니다. 점점 더 사람들의 기대가 커지고 그로 인한 부담감 때문에 어려움이 크시겠지만, 저는 지금보다도 더 커지신 회장님을 보고 싶습니다. 그게 저의 꿈이자 소망입니다."

김만철은 하나의 역사를 만들어가고 있는 날 옆에서 지켜보고 있다는 것으로 행복해했다.

아니, 이젠 그걸 사명으로 받아들이고 있었다.

"하하하! 여기서 더 커지라고요. 너무 욕심을 내시는 것 아닙니까?"

김만철의 말이 한편으로 고맙고 또 한편으로는 우습기도 했다.

지금의 모습보다 더 커진 날 상상할 수 없기 때문이다.

자칫 이러다가 권력과 힘에 취해 독재자가 되는 것이 아닌가 하는 상상을 하기도 했다.

"욕심이 아닙니다. 회장님은 분명 세상을 바꾸실 분이십니다."

"만약 안 좋은 쪽으로 세상을 바꾸어놓으면 어쩌시려고 그러십니까?"

"하하하! 절대 그럴 일은 없습니다. 저와 티토브 정은 물론이고 가인 씨가 그렇게 되지 못하도록 할 테니까요."

김만철은 장담한다는 듯이 웃음을 토해냈다.

'그래, 과거로 돌아와 가장 좋았던 것은 사랑하는 사람들

을 만날 수 있었던 거였지… 행복해하는 가족들도 그렇고… 가인이와 예인이도…….'

"그러겠네요. 좋은 분들이 옆에 있어 제가 나쁜 길로 나아가게 하지 못하게 할 테니까요."

"하하하! 저보다는 가인 씨가 회장님을 옳은 길로 가게 할 것입니다. 가인 씨도 학교를 졸업하니 이제 슬슬 결혼을 생각하셔야죠."

김만철의 말처럼 올해 가인이와 예인이는 졸업반이었다.

'결혼이라…….'

"결혼하면 지금처럼 맘대로 다닐 수 없을 텐데요."

"그럼, 같이 다니시지요."

"예! 가인이와 함께 다니라고요?"

"뭘 그렇게 놀라십니까? 결혼하면 배우자와 함께하는 것 아닙니까."

"하하! 이거 정말 진심으로 하시는 말씀입니까?"

"저는 언제나 진심 어린 말만 합니다."

김만철은 내 말에 진지한 표정으로 말했다. 하지만 그의 말투에서 날 놀리는 것이 느껴졌다.

"알겠습니다. 다음 출장부터는 형수님도 대동하지요."

"하하하! 송희 엄마는 비행기를 타면 심하게 멀미를 해서요. 저야 늘 함께하고 싶은 마음이 간절합니다."

"걱정하지 마십시오. 배와 기차를 타고 오시면 되니까요."

"하하하! 제 농담을 너무 진지하게 받아들이십니다."

"농담이 아니라 마음속 진심으로 들려서요."

"하하! 다 웃자고 한 소리입니다. 전 언제나 회장님 편입니다."

김만철의 웃음이 오늘따라 더 능글맞게 보였다.

가인이와 결혼하게 된다면 어느 순간 자신의 안전을 위해서 배신의 칼을 내 등에 충분히 꽂을 수 있다는 느낌이 들었다.

*　　　*　　　*

커— 억!

검은 핏덩이를 뱉어내며 화린이 눈을 떴다.

그녀는 1년이라는 시간 동안 흑천에 전해져 내려온 의술과 약재를 통해서 부서진 뼈와 끊어진 맥을 이었다.

더 나아가 소모된 기력을 회복시키고 그동안 몸속에 쌓인 나쁜 퇴기(退氣)를 몰아내기 위해 화린의 몸에 흑천의 비술을 시행했다.

이를 위해 흑천은 어린아이 둘을 희생시켰다.

그 때문인지 혼수상태에 빠진 화린이 제정신을 차린 것이다.

"정신이 돌아왔느냐?"

화린에게 질문을 던지는 인물은 다름 아닌 흑천의 대종사 천산이었다.

"마— 녀를 잡았습니까?"

화란이 깨어나자마자 던진 말은 마녀라는 단어였다.

Chapter 13

야쿠츠크에서 동계 훈련을 마친 코사크 전투부대가 모스크바에 들어왔다.

3백 명의 대원들 모두가 체첸공화국 출신의 인물들이었다.

이들을 크렘린궁 3인방이 일으킨 쿠데타에 동원할 수 있었지만 괜한 오해를 불러일으킬 수 있어 출동 명령을 내리지 않았었다.

하지만 이제는 당당히 이들이 모스크바에 들어올 수 있는 여건이 되었다.

두 달간의 혹한기 훈련을 거친 부대원들은 눈보라를 헤치며 먹잇감을 찾는 늑대처럼 강인한 모습이었다.

"일동 차례! 회장님에 대해 경례!"

전투부대를 이끄는 치린디가 큰 목소리로 명령을 내리자 부대원들은 일사불란한 동작으로 경례했다.

"바로!"

추위에 맞서기 위해 거친 수염을 기른 전투부대원들의 모습은 일당백의 용사를 보는 듯했다.

"모두 수고가 많았다. 코사크는 혹독한 추위 속에서도 단한 명의 이탈자 없이 훈련을 마친 여러분의 용기와 인내에 찬사를 보낸다. 힘들고 고된 훈련이었지만 이로 인해 여러분은 더욱 강한 자신감과 전투력을 갖게 되었다. 이는 본인의 생명을 지켜줄 뿐만 아니라 코사크를 더욱 강하게 만드는 원동력이며… 이제 훈련을 마친 여러분들은 보답을 받을 차례다. 오늘부터 5일간의 휴가와 함께 각자에게 미화로 3백 달러의 휴가비를 지급하겠다."

내 말에 부동자세로 일체의 움직임이 없는 전투대원들은 모두 환호성을 지르고 싶어 하는 눈빛이었다.

"이제부터 원하는 것들을 해도 좋다. 다들 휴가 동안 잘 쉬도록."

와! 휘— 이익!

"우— 와!"

"감사합니다!"

내가 말을 모두 마치자 전투대원들의 환호성과 휘파람 소리가 쏟아졌다.

작년 가을 강도 높은 산악 훈련까지 마친 전투대원들은 돌아오는 봄 코사크 타격대와 함께 흑천의 본거지를 급습할 인원들이었다.

* * *

러시아에 이어 독립국가연합에 속한 나라들에서도 CIA의 비밀 지부가 된서리를 맞이했다.

FSB(러시아연방보안국)가 중심이 되어 해당 국가의 정보부와 합동으로 관련자들을 체포했다.

작전은 각 나라에서 동시다발적으로 이루어졌고 코사크 또한 도움을 주었다.

체포된 CIA의 요원은 모두 코사크에 인계되었고 CIA에 협조한 인물들은 해당 국가에서 처리했다.

이 같은 일은 연속적으로 폴란드와 헝가리, 루마니아, 불가리, 체코, 슬로바키아, 세르비아 등 동유럽 국가들에서도 벌어졌다.

러시아의 사태를 수습하기도 전에 연속적으로 발생한 일에, CIA는 벌집을 쑤셔놓은 듯 혼란스러웠다.

쾅!

"도대체 일을 어떻게 처리하길래 이 모양이야?"

책상을 내려친 테닛 국장은 CIA 동유럽 국가를 담당하는 인물들을 향해 소리쳤다.

"정보망의 중간 고리가 끊어진 상태에서 벌어진 일이라 저희의 대응이 늦었습니다."

"저희에게 정보를 제공했던 인물들을 먼저 체포해서 정보를 차단한 후 비밀 지부를 급습했습니다."

체코와 폴란드를 책임지고 있는 로건과 메이슨의 말이었다.

"서로 긴밀하게 협조했으면 이런 일이 벌어지지 않았을 거 아냐?"

얼굴이 뻘겋게 상기된 테닛 국장이 다시금 목소리를 높였다.

동유럽 국가의 CIA 지부 중 절반이 에임스 부국장의 지시를 따르고 있었다.

이들은 테닛 국장에게 전달되는 정보를 제대로 보고하지 않았고, 다른 지부와도 정보를 공유하지 않았다.

이러한 점 때문에 CIA는 FSB의 움직임을 뒤늦게 알아챘다.

에임스 부국장은 현재 프랑스 파리에 머물고 있었다.

"비밀 임무들을 수행하는 과정에서 각 부서가 원활한 협조를 이루지 못했습니다."

체코를 담당하는 피터슨의 말이었다. 그는 에임스 부국장 계열이었다.

"그걸 말이라고 하나? 도대체 어떤 비밀 임무를 진행했길래 비밀 지부가 사라지는 걸 그냥 보고만 있었나?"

"여기서 말씀드리기는 곤란한 일입니다. 그 건은 에임스 부국장께서 설명해 주실 것입니다."

"뭐라고? 지금 당장 대책을 세워야 하는 자리에서 에임스를 내세우겠다는 거야?"

"저흰 국가를 위해 명령에 따랐을 뿐입니다."

믿는 구석이 있는 건지 테닛 국장의 말에도 피터슨은 꿋꿋하게 자신의 할 말을 했다.

"국가란 말을 입에 올리지도 마. 국가는 그런 명령을 내리지 않았으니까. 지금 당장 이 상황에 대한 대책을 가지고 오지 않으면 모든 업무에서 손 떼."

테닛 국장은 이 기회를 이용하여 에임스 부국장의 손발이 되는 인물들을 CIA에서 해고할 계획을 하고 있었다.

"지금 벌어진 일을 조사했을 때 에임스 부국장이 노린 인물은 룩오일NY을 이끄는 표도르 강입니다. 모스크바에 벌어졌던 크렘린궁의 반란에도 에임스와 그레그가 모종의 일을 진행했던 것 같습니다. 그레그는 모스크바를 탈출하는 과정에서 행방이 묘연해진 것으로 보입니다."

테닛 CIA 국장의 오른팔이자 정보분석국(DI)을 맡고 있는 벤자민의 보고였다.

CIA는 국가비밀정보국(NCS)과 정보분석국(DI), 과학기술국(DS&T), 그리고 업무지원국(DS) 등 4개의 주요 부서로 구성되어 있다.

정보분석국은 중요한 해외 정보 사안에 대해 전 출처 정보 분석과 함께 보고서, 브리핑, 논문 등을 작성한다.

DI는 대통령과 기타 정책 결정자들이 모든 입수된 정보를 토대로 국가안보정책 결정을 하는 데 도움을 주기 위하여 1952년 설립되었다.

DI 정보분석관들은 정책 결정자들이 올바른 판단을 할 수 있도록 입수된 모든 정보를 검토하고 분류한다.

이를 위해 해외 거주 미국인, 정보 요원 보고서, 위성사진, 해외 언론 및 첨단 감지기 등 다양한 자료와 방법이 동원된다.

"그럼, 그레그는 FSB에 체포된 건가?"

"그럴 가능성이 가장 큽니다. 하지만 코사크가 그레그를 확보했을 가능성도 있습니다."

"코사크가 러시아를 통제한다는 뜻인가?"

"정보망이 회복되지 않아 정확한 분석은 시간이 걸리겠지만, 코사크와 FSB가 유기적인 관계를 맺고 있는 것은 확실합니다. 그리고 이번 크렘린궁 사태 때 러시아의 해병과 공수부대가 러시아 참모부의 명령 없이 움직인 것 같습니다."

"참모부의 명령 없이 군이 움직였다는 것은 일종의 쿠데타가 아닌가?"

"쿠데타를 위해 움직인 것은 아닌 것으로 보입니다. 이들에 의해서 러시아 내무부와 경찰의 움직임이 봉쇄되었습니다. 모스크바 곳곳에서 내무부 소속 경찰특공대와 전투가 벌어졌다고 합니다. 또한, 붉은 광장을 진입하여 크렘린궁 수비대를 무장해제 시킨 것도 공수부대와 해병대 병력이었습니다."

벤자민은 위성사진과 현장에서 찍힌 사진을 테닛 국장에게 내보이며 말했다.

사진에는 러시아 태평양 함대 소속 55사단 해병대와 공수군 제45스페츠나츠 연대, 그리고 모스크바 근교에 주둔 중인 제38근위공수여단 마크가 찍혀 있었다.

"음, 러시아가 어떻게 돌아가는지 정확히 알아야지만 대처를 할 수 있잖아. 현지 대사관은 뭐라고 하나?"

"이번 사태 이후 러시아의 키리옌코 연방총리를 비롯한 정치인들이 룩오일NY를 이끄는 표도르 강을 자주 찾는다고 합니다. 정확한 것은 확인을 해봐야 하지만 표도르 강의 권력이 한층 강화되었다는 평가입니다. 현지에서도 표도르 강을 러시아의 '차르'라고 부른다고 합니다."

"일반 기업가가 러시아에 권력을 행사한다는 말인가?"

테닛 국장은 CIA에 들어온 이후 지금껏 표도르 강에 대한 보고를 제대로 전달받지 못했다.

"표도르 강은 일반적인 기업가와는 다른 인물입니다. 러시아의 혼란기를 잘 이용하여 코사크라는 준군사 조직을 만들었습니다. 코사크는 러시아 정부의 간섭을 받지 않은 채 체포권과 기소권을 가진 막강한 세력으로 성장했습니다. 더구나 코사크는 러시아의 마피아를 완전히 견제하며 불안했던 치안을 확보했다는 평가를 받고 있습니다. 이 때문에 러시아의 국민들도 코사크에 대해 상당한 호의를 보인다고 합니다."

"허허! 사설 용병 집단에 체포권과 기소권을 주어졌다고? 이걸 지금 나보고 믿으라는 건가?"

러시아가 혼란기에 있었지만 이건 상식에 맞지 않았다.

"이런 상황을 처음에는 저희도 인지하지 못했습니다. 더구나 어떤 문제에서였는지는 모르겠지만, 표도르 강과 코사크에 대한 정보가 제대로 전달되지 못해서 정확한 정보를 파악할 수 없었습니다. 현재 모스크바의 범죄율이 뉴욕보다 낮아진 것도 코사크 때문이라고 합니다."

CIA에서 벌어진 권력 투쟁이 러시아에서 들어오는 정보에 대한 혼선을 불러일으켰다.

웨스트 세력은 표도르 강을 회유하여 자신들의 말을 듣는 인물로 만들기 위한 작전을 진행하기 위해서 한동안 표도르 강의 정보를 차단했다.

작전 실패에 따른 표도르 강의 제거를 위해서도 정보를 제대로 전달하지 않았다.

"어떻게 이런 정보가 왜 이제야 보고된 거야?"

"에임스 부국장 쪽에서 해당 정보를 필터링한 것 같습니다."

에임스 부국장은 CIA의 4개의 주요 부서 중 핵심인 국가비밀정보국(NCS)에 상당한 영향력을 행사했다.

특히나 유럽과 러시아를 담당하는 부서들은 그의 말을 전적으로 따랐다.

국가비밀정보국은 CIA 공작원들을 통한 인적자원을 주

로 활용해 해외 정보 수집 활동을 한다.

더욱이 미국의 모든 정보기관들의 비공개 인적 정보 수집 활동을 총괄, 조정하며 평가하는 임무를 수행한다.

"이건 엄연한 국가와 국민에 대한 반역 행위야. 정보를 사적으로 유용한 것이잖아."

"문제는 필터링한 정황은 있지만, 이를 입증할 증거가 부족합니다."

"어떻게든 놈을 CIA에서 쫓아내려면 이 일을 문제 삼아야 해."

"그러기 위해서는 행방불명된 도널드 그레그의 신병을 반드시 확보해야만 합니다. 그가 모든 정보의 열쇠를 쥐고 있는 것 같습니다."

러시아와 동유럽 현장 책임자인 도널드 그레그는 러시아에서 벌어진 작전에 대부분 관여했다.

"FSB와 접촉을 해야 한다는 말인가?"

"그보다는 코사크와 접촉을 하는 것이 빠를 것 같습니다. 앞서 말씀드린 것처럼 러시아 내의 정보는 코사크가 모두 쥐고 있습니다. 지금까지의 정보를 확인했을 때 러시아 내 공작망의 붕괴 또한 코사크와 연관된 것으로 보입니다."

"에임스의 어리석음 때문에 어렵게 확보한 러시아의 공작망을 완전히 날려 버린 거군. 음, 아니야. 어쩌면 이번 일이 좋은 기회가 될 수도 있겠어."

턱을 괴며 잠시 생각에 잠긴 테닛 국장의 입에서 뜻밖의 말이 나왔다.

"그게 무슨 말씀입니까?"

"만약, 표도르 강만 회유할 수 있다면 그가 가진 코사크를 손에 넣을 수 있잖아. 그렇게만 된다면 FSB도 우리가 조정할 수 있지 않겠어?"

"표도르 강을 회유한다는 말씀입니까?"

"그래, 보고대로 표도르 강이 러시아의 '차르'라면 그가 가진 힘을 이용해서 우리에게 유리한 방향으로 일을 전개하면 되잖아."

테닛 국장은 웨스트가 표도르 강의 회유에 실패한 것을 모르고 있었다.

"좋은 생각이긴 하지만 쉬운 일은 아닐 것입니다."

"우리가 하는 일 중 쉬운 일은 없어. 우선 코사크와 접촉해서 끈이나 만들어봐. 먼저 할 일은 그레그의 행방을 찾는 것이 우선이야. 그래야만 에임스를 쫓아낼 수 있으니까."

"무슨 말씀인지 알겠습니다."

벤자민은 테닛 국장의 말에 고개를 끄떡이며 답했다.

표도르 강에 대한 회유는 CIA를 완전히 장악한 후에 진행해도 늦지 않았다.

더구나 CIA는 그동안 남미를 비롯해 수많은 나라의 권력자와 독재자들을 회유하고 제거해 왔다.

*   *   *

CIA의 부국장인 에임스는 파리의 에펠탑이 바라다보이는 듀케누 호텔의 라운지에서 위스키를 마시고 있었다.

"테닛 국장이 움직이고 있습니다."

프랑스 CIA 지부를 맡고 있는 카터의 말이었다.

"예상했던 일이잖아. 그레그의 위치는 파악했나?"

"모스크바에 있는 것은 확실합니다만 아직 정확한 위치를 파악하지는 못했습니다. 현지 공작망이 붕괴된 것이 어려움을 주고 있습니다."

"테닛이 먼저 그레그를 찾으면 안 되는 것은 잘 알고 있겠지?"

"물론입니다. 어떤 방법을 쓰더라도 그레그를 확보하겠습니다."

"그렇지 못하면 우리 모두 지금의 자리에서 머물 수 없어. 물론 조직의 퇴직금도 사라지겠지."

그동안 웨스트를 위해 헌신한 것에 대한 보답이 눈앞에서 사라질 위기에 있었다.

에임스 부국장이 받을 수 있는 퇴직금은 4천만 달러에 달했다. 이는 월스트리트 금융권 CEO의 퇴직금을 능가하는 금액이었다.

"예, 서두르겠습니다."

"테닛의 움직임을 계속 살펴. 그리고 표도르 강의 움직임도 놓치지 말고."

"예."

카터는 대답을 하고는 자리를 떠났다.

"표도르 강, 네가 날 이렇게까지 궁지에 몰다니⋯⋯."

에펠탑을 비치는 붉은 불빛이 오늘따라 불길한 기운을 내뿜는 듯했다.

*　　　*　　　*

"CIA에서 연락을 취해왔습니다. 저희가 붙잡고 있는 CIA 공작원들을 놓아주면 그에 해당하는 대가를 주겠다고 합니다."

코사크 정보센터장인 쿠즈민의 보고였다.

"누구의 말이지?"

"주러 미대사관 올리버 공보참사관의 말입니다."

"그도 CIA 요원인가?"

"아닙니다. 미 국무부 정보조사국(INR)의 핵심 인물 중 하나입니다. 국무부의 INR은……."

미 국무부 내 핵심 조직인 정보조사국(INR)은 미 국방부 정보국(DIA)과 중앙정보국(CIA)에 뒤지지 않는 정보력을 갖춘 정보 조직이다.

INR은 세계 각국에 퍼져 있는 해외 공관들을 통해 해당 국가 유력 인사들의 인사 자료와 정보를 수집 분석하고 비밀리에 관리한다.

"음, CIA의 알력 때문에 INR이 나선 것인가?"

코사크와 러시아연방보안국(FRS)에 체포된 CIA의 정보원들을 통해서 CIA가 이전과 다르다는 것을 알게 되었다.

체포된 인물 중 에임스 CIA 부국장 계열이 아닌 공작원들이 협조적이었다.

이들은 모스크바에 남았고 협조를 거부한 인물들은 야쿠츠크로 보내졌다.

하지만 야쿠츠크로 보내진 인물들도 얼마 지나지 않아 순순히 자신들이 알고 있는 정보를 쏟아내기 시작했다.

"그렇다고 볼 수 있습니다. 우습게도 CIA의 테닛 국장과 에임스 부국장이 서로를 감시하는 상황입니다. 둘 중 누구라도 우리와 접촉을 하는 순간 서로에게 알려질 수 있습니다."

"올리버는 테닛 국장이 보낸 인물인가?"

"예, 테닛 국장의 오른팔로 불리는 벤자민이 보냈습니다. 벤자민은 CIA의 정보분석국(DI)의 책임자입니다."

"재미있는 일이야. 세계 최고의 정보기관이 둘로 갈라져서 싸운다는 것이 말이야."

"그레그를 체포할 수 있었던 것도 CIA의 불협화음이 크게 도움이 되었습니다. 지금까지 입수한 정보를 바탕으로 분석한 결과 테닛 국장은 웨스트 세력에 속한 인물이 아닌 것이 확실합니다."

"그럼, 우리가 테닛을 밀어주어야 한단 말이군."

"예, 테닛은 CIA에서 웨스트 세력의 핵심인 에임스 부국장을 밀어내려는 것 같습니다."

"좋아, 테닛에게 협조하는 것으로 하지. 대신 철저하게 우리가 얻어낼 것들을 준비해."

CIA의 분열을 이용해 최대한의 이익을 얻어낼 생각이다.

"예, 알겠습니다."

어쩌면 미지의 적이었던 웨스트에 대한 반격의 실마리가 CIA에서 나올 수도 있었다.

*　　　*　　　*

스베르타운은 러시아의 경제 위기와 상관없이 수많은 사람들로 북적거렸다.

러시아에서 가장 활기찬 곳이자 러시아 경제의 중심으로 우뚝 선 곳이다.

러시아를 벗어나 세계적인 은행으로 올라서고 있는 소빈뱅크를 비롯하여 러시아에서 다섯 손가락 안에 들어가는 은행들이 모두 스베르타운에 본사를 두었다.

은행들뿐만 아니라 러시아의 증권거래소도 올해 3월 입주를 앞두고 있었다.

도이체방크를 비롯한 유럽의 은행들과 미국의 JP모건, 리먼 브러더스, 시티뱅크도 스베르타운에 입주해 있었다.

이와 함께 룩오일NY의 계열사들과 거래를 하는 협력 업체들도 스베르타운으로 몰려드는 상황이라 스베르타운은 더욱 확장하고 있었다.

모스크바에서 발생한 두 번째 쿠데타에도 스베르타운은 코사크에 의해 치안이 완벽하게 유지되고 통제되었다.

이러한 이유 때문인지 러시아에 진출한 외국계 기업들이 가장 선호하는 곳이 되었다.

수요가 많아지면 가치가 상승하듯이 모스크바의 부동산 중에서 가장 많이 오른 지역이 스베르타운 일대였다.

더구나 스베르타운 주변의 건물과 땅은 룩오일NY와 계

열사들이 대부분 소유하고 있었다.

"신의주 특별행정구로 연결되는 파이프라인에 대한 시험 가동이 완벽하게 이루어졌습니다."

룩오일NY Inc의 대표인 니콜라이의 보고였다.

사포스티야노프와 코뷔트킨스크광구에서 생산되는 원유와 천연가스를 신의주까지 완벽하게 보낼 수 있게 된 것이다.

한편으로 대산에너지에서 사들인 고티광구에서도 본격적인 시추 작업이 진행 중이었다.

"이젠 닉스정유를 완벽하게 가동할 수 있게 되었군. 가스저장시설의 공사는 언제 끝나지?"

닉스정유는 작년 말 완공되어 시험 가동 중이었다.

이제 본격적인 원유 공급이 이루어지면 닉스정유에서 생산된 석유와 휘발유가 한국과 중국에 공급된다.

"5월이면 완공될 예정입니다."

신의주 특별행정구 내에 가스저장시설을 갖추는 공사를 진행하고 있었다.

한편으로 천연가스를 이용한 LNG 발전소도 완공된 상황이라 특별행정구와 신의주시에 값싼 전기를 공급할 수 있었다.

신의주 특별행정구 내에 진출한 공장들은 북한의 값싼 노동력뿐만 아니라 공장을 돌리는 전기까지 값싸게 공급받게 된 것이다.

이는 중국과의 상품 경쟁에서 한발 더 앞서갈 수 있는 일이었다.

"좋아, 천연가스는 중국에도 공급하지만, 원유는 신의주와 한국에 집중해서 공급하는 전략을 펴야 해."

동시베리아 파이프라인을 신의주와 연결하기 위해서는 중국 땅을 지날 수밖에 없었다. 그렇지 않다면 파이프라인 공사비가 두세 배로 늘어날 수밖에 없었다.

이를 위해서 중국석유천연가스집단공사(CNPC)와 합작으로 중국 동북부 지역의 파이프라인 공사를 진행했다.

중국도 러시아의 값싼 천연가스와 원유를 공급받기 원했기 때문에 이루어진 일이었다.

하지만 값싼 천연가스와 원유 공급의 이익을 중국에 모두 주고 싶지 않았기 때문에 원유 생산량을 핑계로 중국에 대한 원유 공급량을 줄였다.

룩오일NY에서 공급하는 원유와 천연가스는 세계 6위의 에너지 수입국인 한국과 경제 발전에 집중하고 있는 북한이 충분히 소비할 수 있었다.

여기에 일본도 룩오일NY Inc의 천연가스와 원유 공급을 원하고 있었다.

중동의 두바이유보다도 품질이 뛰어나고 원유 수송비용이 현저하게 낮아 가격 또한 저렴하기 때문이다.

"예, 말씀대로 진행하겠습니다."

"국제원유가격이 지금보다도 떨어질 수밖에 없는 상황이야. 그에 대한 것도 충분히 대비할 수 있도록 준비를 지속적으로 해야 해."

작년 20달러를 유지하던 국제 유가는 아시아 경제 위기가 시작되는 기점으로 계속 떨어져 현재 16달러 아래로 내려갈 위기에 놓여 있었다.

더구나 이라크의 석유 수출 재개 조짐으로 인해 이번 달도 유가가 급락세를 보였다.

"예, 대비하는 차원에서 작년 초 중국과 유럽 국가들과 3년간 장기계약을 체결했습니다. 또한 닉스정유와 닉스에너지와도 단독 공급계약을 체결하여… 유가 상승을 대비해 유류저장시설에 대한 투자를 진행하여 생산되는 원유를 보관할 준비를 마쳤습니다."

룩오일NY Inc를 이끄는 또 하나의 축인 예고르 부대표의 말이었다.

아시아 경제 위기에 따른 저유가 시대를 예측한 덕에 룩오일NY Inc는 충분한 대비를 하고 있었다.

"음, 그 정도면 문제가 없겠군. 현금자산은 어느 정도나 가지고 있지?"

"현재 소빈뱅크에 88억 7천만 달러와 함께 10억 마르크, 7억 파운드, 그리고 일본 엔화를 5천억 엔 정도 예치하고 있습니다. 이와 더불어서 매달 천연가스와 원유 판매 대금, 그리고 파이프라인 이용료, 주식과 채권 투자 등을 통해서 얻어지는 이익금을 합해 27억 달러 이상이 정기적으로 들어오고 있습니다. 이번 달부터는 동시베리아 파이프라인의 가동으로 인해 수익은 더욱 증대될 것으로 보입니다."

피터로프 자금 담당 이사의 보고였다.

원유와 천연가스의 판매 대금 중 상당액을 시설과 직원들에게 재투자하고 있는 상황에서도 룩오일 Inc의 현금은 계속해서 늘어나고 있었다.

산유국이 석유 수출을 통해 받는 오일머니로 해당 나라의 인프라를 구축하고 산업화를 이루듯이, 룩오일NY Inc 또한 막대한 오일머니를 통해서 러시아의 알짜배기 국영기업들과 광구들을 계속해서 인수하고 있었다.

*　　　*　　　*

화린이 혼수상태에서 깨어나자 흑천의 척살단은 바빠졌다.

더구나 혹천 내에서도 손꼽히는 실력을 지닌 화린을 애다루듯이 했던 인물이 화린과 비슷한 나이대의 여자라는 것에 놀라움을 감추지 못했다.

"진정, 너의 수법을 그대로 사용했다는 말이야?"

혹천의 호법인 백천결이 화린에게 물었다.

그는 대통령선거가 끝난 이후 태백산으로 돌아와 있었다.

"예, 어찌 된 영문인지는 모르겠지만, 저보다도 완벽하게 구사했습니다."

"어허! 보는 것만으로 수법을 익힌다는 게 말이 됩니까?"

혹천의 제자들을 가르치고 육성하는 이산 장로가 장탄성을 내지르며 말했다.

"음, 믿기 힘든 말임은 틀림없지만 이런 일이 없었던 것은 아닙니다."

혹천의 살림을 책임지고 있는 화용성 장로 또한 신음성을 내며 말했다.

"환비록에 적힌 내용은 그 출처가 불분명하지 않습니까?"

대외적인 업무를 맡고 있는 홍무영 장로의 말이었다.

"비록 책의 출처와 저자를 알 수 없지만, 환비록에 적힌 내용을 모두 무시할 수는 없습니다."

환비록은 흑천과 백야의 인물들 외에, 또 다른 인물들에 대한 이야기를 기록한 책이었다.

"음, 이걸 정말 사실로 받아들여야 한단 말입니까?"

홍무영 장로는 믿기 힘들다는 표정이었다.

"환비록에 나온 마녀 또한 상대방의 수법을 그대로 자신의 것으로 만들었다고 했습니다. 그러한 기록 때문에 마녀에 대한 내용이 신빙성이 없었던 것뿐이었습니다. 한데, 화린이 만난 인물이 마녀의 수법을 썼다면 이는 환비록의 내용이 사실일 수 있다는 증거가 될 수 있습니다."

화용성 장로는 확신한 듯이 말했다.

"저도 화 장로님의 말씀처럼 화린을 상대했던 여아가 몇 년 전 척살단의 매화를 상대했던 인물이 아닌가 생각됩니다."

백야의 인물인 심마니 정 씨를 죽이기 위해 파견되었던 세 명의 인물 중에 하나가 매화였다.

그때 매화를 상대했던 인물은 송가인이었다.

"음, 그러고 보니 괴산의 성불산에서 맞닥뜨린 백야의 인물 중에 여자가 있었다는 소릴 들었습니다. 그때의 여아가 화린을 상대했던 인물과 같다고 보시는 것입니까?"

"그럴 가능성이 충분합니다. 그때의 여아도 나이가 많지 않다고 했습니다. 매화를 불러들여 확인한다면 더 정확할 것입니다."

"알겠습니다. 매화를 본산으로 불러들이겠습니다."

두 장로의 말에 척살단을 책임지고 있는 홍무영 장로가
대답했다.

홍무영 또한 두 장로의 이야기에 기억이 새록새록 떠올
려졌다.

백야의 인물을 죽이기 위해 파견했던 척살단의 인물이
성불산에서 오히려 당하고 말았었다.

이 때문에 척살단이 총동원되어 처음 백야의 인물을 찾
았던 괴산 근처와 성불산을 비롯한 월악산과 속리산 일대
까지 샅샅이 뒤졌지만, 사라진 백야의 인물들을 더는 찾지
못했다.

Chapter 14

　러시아의 제2도시인 상트페테르부르크에 두 번째로 개원한 소빈메티컬의 개원식에 참석한 후 신의주 특별행정구로 향했다.

　상트페테르부르크에 개원한 소빈메티컬은 질병 연구소가 있는 모스크바의 소빈메티컬센터와 달리 환자를 집중하여 치료하는 병원이었다.

　1,300개의 일반 병상과 외국인 전용으로는 150개의 병상을 두었다.

　460만의 인구를 자랑하는 상트페테르부르크에도 적지

않은 외국인들이 생활하고 있었다.

러시아의 다른 도시들처럼 병원이 부족했던 상트페테르부르크였기 때문에, 소빈메티컬의 개원에 시민들은 크게 기뻐하고 환호했다.

러시아 정부와 상트페테르부르크시 당국이 할 수 없는 일들을 해나가는 룩오일NY의 행보에 러시아 국민들은 절대적인 지지를 보냈다.

룩오일NY의 영향력은 경제와 언론을 넘어 행정력 차원까지 넓혀가고 있었다.

＊　　　＊　　　＊

밤 10시가 넘어서 도착한 신의주 국제공항에는 각 나라에서 오가는 비행기들이 계속해서 이착륙을 하고 있었다.

신의주 특별행정구를 방문하는 사람들이 그만큼 많아진 이유였다.

아시아 국가들은 물론 이제는 미국의 아메리칸항공과 델타항공이 일주일에 두 번 정기노선을 운행하고 있었다.

작년부터 이어진 북한과 미국과의 외교교섭이 순조롭게 진행되는 상황에서 미국 비행기의 북한 영공 통과가 이루어진 결과였다.

미군의 주둔 문제가 해결되면 올해 중순 대사급 외교 관계가 체결될 것으로 국제 문제 전문가와 언론들은 예상하였다.

늦은 밤인데도 공항에는 출입국을 하는 수많은 사람들로 북적거렸다.

"사람들이 더 많아진 것 같습니다."

"예, 작년 말부터 관광객들과 함께 비즈니스를 위해 방문하는 인원들이 대폭 늘었습니다."

공항에 마중을 나온 신의주특별행정청의 이태원 국장이 대답했다.

"하하! 특별행정구를 방문하는 사람들도 늘었지만, 신의주시를 방문하는 관광객들도 많아졌습니다."

백기범 신의주시 시장이 밝게 웃으며 말했다.

늦은 밤이었지만 날 맞이하기 위해서 신의주시와 평안북도 관계자들이 대거 나와 있었다.

불편함을 주지 않기 위해 도착 시각을 알려주지 않았는데도 공항에 마중을 나온 것이다.

"착륙할 때 보니까 신의주시의 야경이 확 달라져 보였습니다."

복합발전소에 이어서 작년 12월 말 LNG 발전소까지 완공되자 신의주 일대의 전기 공급 사정은 남한과 별반 다르지 않게 되었다.

작년 초만 해도 전깃불이 훤하게 켜지는 지역은 특별행정구가 월등했지만, 이제는 신의주시와도 차이가 없었다.

"모두가 장관님 덕분입니다. 이제는 중국의 단둥시가 따라올 수 없을 정도로 신의주시가 달라졌습니다."

백기범 시장의 말처럼 처음 신의주시를 방문했을 때와는 천지개벽할 정도로 바뀌었다.

신의주시를 처음 방문했을 때는 남한의 지방 읍보다도 못한 느낌이었다. 하지만 이제는 수많은 건물들이 들어서고 시내에는 승용차들도 많아졌다.

중국 단둥시의 변화를 부러워했던 북한 주민들이었지만 이젠 단둥시에 살아가는 중국인들이 신의주시를 부러워하고 있었다.

"주민들의 소득도 2~3배로 늘어난 덕분에 이젠 밥을 굶는 사람들이 없습니다."

신의주의 경제를 책임지고 있는 박성범 신의주시 경제부장의 말이었다.

북한 당국은 신의주의 발전에 고무되어 중앙당의 간섭을 받지 않고 자율성을 보장하는 경제부장 자리를 신설했다.

"이런 변화는 시작에 불과합니다. 신의주는 대륙으로 나아가는 전초기지이자 아시아 경제의 중심이 될 것입니다."

내 말에 공항에 모인 인물들의 고개가 절로 끄덕여졌다.

이미 그러한 분위기가 조성되고 있었다.

아시아의 경제가 나락으로 떨어지고 있었지만, 북한을 비롯한 신의주 경제권은 날개를 달듯이 날아오르고 있었다.

작년 초부터 경제성장률이 6%를 넘어서기 시작했고 연말에는 9%에 이르렀다.

그리고 올해 신의주 경제특구는 두 자릿수인 14%라는 높은 성장률을 기록할 것으로 예측하였다.

남한이 마이너스 성장률을 예측하는 것과는 크나큰 차이였다.

이러한 신의주 경제의 중심에 닉스홀딩스와 룩오일NY가 있었기에 가능한 일이었다.

＊　　　＊　　　＊

"고등학생 정도로 보였지만 제가 밀릴 정도로 실력이 뛰어났었습니다."

홍무영 장로의 부름을 받고 부산에 있던 매화가 급하게 태백산으로 돌아왔다.

"백야의 인물은 아니었느냐?"

"예, 싸우는 과정에서 손바닥을 살폈지만, 표식은 없었습니다."

홍무영 장로의 말에 매화는 송가인과의 싸움을 떠올리며 말했다.

"네가 밀렸다는 것은 기운을 운영할 수 있다는 뜻이 아니더냐?"

자리를 함께한 이산 장로가 물었다.

"예, 제 기운보다도 강했었습니다."

매화의 실력이 월등히 뛰어나지는 않았지만, 백야의 인물을 상대하는 척살단의 일원이 된다는 것은 웬만한 실력으로는 어려웠다.

"어허! 백야의 인물도 아닌 소녀가 더구나 고등학생 나이 때에 기운을 운영할 수 있었다니……."

매화의 말을 들은 이산 장로의 표정이 심각해졌다. 일반적인 수련으로는 내부의 기운을 운용할 수 없었다.

흑천의 인물들도 기운을 운영할 수 있는 자들은 선택된 자들뿐이었다.

"매화를 상대한 소녀가 화린을 손쉽게 쓰러뜨렸다면 풍운과 마연이 아니면 상대하기 힘들 것 같습니다."

풍운은 척살단의 단주였고 마연은 부단주였다.

"두 사람은 지금 어디에 있습니까?"

홍무영의 말에 이산 장로가 물었다.

대통령 선거 이후 두 사람은 태백산에서 보질 못했다.

"대통령 선거의 뒤처리를 하기 위해서 서울에 나가 있습니다."

민주한국당의 대선 후보였던 한종태를 돕기 위해 벌였던 여러 사건을 덮기 위한 작업을 진행하고 있었다.

"음, 여러 가지로 상황이 좋지 않은 것 같습니다. 소백산에서 살해당한 유광과 무성의 범인이 오리무중인 것도 그렇고, 서울에서 실종된 4명의 척살단원의 행방도 찾지 못한 상황이지 않습니까?"

50~70년대 백야와의 처절한 싸움 이후, 척살단의 인물들이 이렇게나 짧은 기간 안에 당한 적이 없었다.

"생각지도 못한 일들이 일어나고 있는 것 같습니다. 노력은 하고 있지만, 안기부의 도움을 받지 못하는 상황이라 실종자들의 행방을 찾는 데 어려움이 있습니다."

국내를 담당했던 안기부의 서범준 제2차장이 자살하고 안기부에 대폭의 인적 쇄신이 일어난 후부터 안기부를 통한 정보가 차단되었다.

미르재단과 연결된 경찰의 도움을 아직은 받고 있었지만, 안기부에 비교할 바가 못 되었다.

"설마, 실종된 척살단의 인물들도 화린를 공격한 소녀와 관계되지는 않았겠지요?"

"그렇지는 않을 것입니다. 조영석과 박종대, 김서준, 서광열은 척살단 내에서도 실력이 출중한 인물들입니다. 아직 만개하지 못한 마녀라면 충분히 감당할 수 있는 자들입니다."

강태수를 노렸던 네 명의 척살단 인물들은 흑천을 이끄는 천산의 명령이 아닌 홍무영 장로의 욕심에 의해서 움직였었다.

이 때문에 홍무영 장로는 실종된 인물들의 생사에 적극적으로 관심을 보이지 않았다.

"후! 걱정입니다. 대통령선거 이후 큰 그림이 깨어지고 있는 느낌입니다."

이산 장로는 한숨을 내쉬며 말했다.

그의 말처럼 흑천과 미르재단이 십여 년간 공들여 진행했던 제15대 대통령 선거는 한종태의 패배로 끝이 났다. 아니, 민주한국당의 한종태는 대통령 선거를 끝까지 완주하지도 못했다.

대통령 선거 이후 미르재단에 속한 기업들은 외환 위기 속에서 차례대로 쓰러지고 있었다.

그 여파는 굳건했던 미르재단의 결속을 흔들리게 할 뿐

만 아니라 흑천을 운영하는 데도 어려움을 가져왔다.

"천산께서 생각이 있으실 것입니다. 지금은 마녀라 불리는 소녀의 행방을 알아내는 것이 우선입니다. 그녀가 진정 환비록에 기록된 마녀라면 우리의 대업을 위해서라도 하루라도 빨리 제거해야 합니다."

환비록에 기록된 마녀는 백야와 흑천에도 속하지 않은 채 수많은 고수를 살상했다.

그 피해가 무척이나 심했던 흑천은 백야에 고개를 숙이면서까지 손을 내밀어 함께 마녀와 싸웠다.

"여러모로 홍 장로님께서 힘을 내주셔야겠습니다."

"예, 하루라도 빨리 고심거리들을 해결하도록 하겠습니다."

홍무영 장로는 이산 장로의 말에 고개를 끄떡이며 말했다.

하지만 홍무영의 머릿속은 마녀라 불린 소녀를 자신의 밑으로 끌어들일 계획을 하고 있었다.

그렇게만 된다면 천산을 끌어내리고 자신이 흑천의 대종사로 올라설 기회가 더 커질 수 있었다.

*   *   *

척살단의 부단주인 마연은 시간을 내어 화린이 말했던 장소를 살폈다.

북한산에서도 사람들에게 눈에 띄지 않는 장소였고, 일반인이 접근하기도 어려운 곳이었다.

"음, 수련하기에 알맞은 장소군."

시간이 흘러서인지 화린과 마녀가 싸웠던 흔적은 찾을 수가 없었다.

그때였다.

누군가가 다가오고 있었다.

*　　　　*　　　　*

"태수 오빠는 언제 온대?"

예인이가 눈이 쌓인 산길을 오르며 물었다.

일주일 전에 내린 눈이었지만 산속의 눈은 녹지 않고 그대로였다.

"모르겠어. 모스크바에 큰일이 생겼다면서 시간이 더 걸린다고 했어. 아마 한국에 들어오려면 2월이나 돼야 할 것 같아."

예인이의 말에 가인이는 살짝 미간을 찡그리며 말했다.

나와 함께 크리스마스와 새해를 보내려고 했지만, 모스

크바에 일어난 쿠데타가 모든 걸 바꾸어놓았다.

"오빠는 일을 지나치게 좋아하는 것 같아."

"그렇게 말이야. 내 말을 좀 들어야 하는데……."

가인이가 말을 끝까지 하지 못했다.

그녀들의 앞에 낯선 인물이 서 있었기 때문이었다.

'두 명이라… 화린이 이야기한 인물이 아닌가?'

"사람들이 잘 찾지 않는 장소를 좋아하나 보네요?"

마연은 두 사람에게 일부러 노골적인 말을 던졌다.

"무슨 말이시죠?"

마연의 말에 가인이가 되물었다.

"하하! 아닙니다. 사람들이 잘 다니지 않는 장소에서 이렇게 예쁜 미인들을 보게 돼서 그랬습니다."

"다른 사람들은 모르겠지만, 저흰 이 동네에 살아서 어려서부터 다닌 길이에요."

가인이가 경계하듯이 말했다. 예인이는 말을 하지 않은 채 마연의 모습을 살폈다.

"하하하! 그랬군요. 전 또 마녀인 줄 알고."

크게 웃음을 내보인 마연은 말을 마치자마자 전광석화처럼 주먹을 앞으로 뻗었다.

그 빠름은 일반인이 도저히 피할 수 없는 빠름이었다.

하지만 가인이와 예인이는 이미 마연의 공격을 예측이라

도 한 것처럼 공격을 피해 양옆으로 물러나 있었다.

"흑천의 인물인가?"

왼쪽으로 물러난 예인이의 입에서 싸늘한 말이 나왔다.

"오호! 놀랐군. 내가 공격할 것을 미리 안 것처럼 움직이다니. 그래, 둘 중에 누가 마녀지?"

마연은 가인이와 예인이를 번갈아 바라보며 물었다.

"마녀라니? 도대체 무슨 이야기를 하는 거냐?"

가인이는 마연이 하는 말을 이해할 수 없었다.

"뭐 그건 중요하지 않겠지. 둘 중 하나는 마녀가 분명할 테니까."

말을 마친 마연은 기운을 마음껏 드러냈다.

마연은 화린을 애 다루듯 했다는 마녀의 실력이 궁금했다.

몇 년간 백야의 인물들을 만나지 못해 그동안 쌓아왔던 실력을 마음껏 드러내지 못했다.

하지만 지금 그 모든 것을 마음껏 분출할 수 있게 된 것이다.

* * *

퍽!

주르륵!

가볍지 않은 충돌에 가인이는 눈길 위로 밀려났다.

힘과 힘의 차이를 느끼게 하는 모습이었다.

"조심해, 예인아! 보통 인물이 아니야."

가인이는 다시금 자세를 잡으며 말했다.

"하하! 놀랍군. 내 공격을 이렇게 쉽게 받아내다니."

마연은 가인이의 동작에 놀란 모습이었다.

평범하게 보였던 소녀의 모습은 온데간데없이 사라지고, 지금 눈앞에 백야의 인물이 갑자기 나타난 것처럼 보였다.

"평범하지 않으니까 다행이네."

예인이는 가인이의 말을 크게 문제 삼지 않는 표정이었다. 예인이는 가인이와 상대했던 마연의 동작을 유심히 살폈다.

"크하하하! 대단한 배짱이야. 네가 마녀처럼 보이는데."

마연은 예인이의 말에 크게 웃으며 말했다.

"날 마녀로 부른 걸 후회하게 될 거야."

"하하하! 후회하게 될지는 두고 보면 알겠지."

말을 마친 마연이 땅을 박차고 움직였다.

미끄러운 눈 위였지만 마연의 움직임에는 아무런 영향을 주지 않았다.

빠르면서도 묵직한 마연의 공격은 예인이의 움직임을 옥

죄듯이 다가왔다.

예인이 또한 기다리지 않고 앞으로 몸을 움직였다.

철포공을 익힌 마연의 주먹이 예인이의 전신을 향해 여섯 번 움직였다.

보통 사람보다 머리 하나가 더 큰 육중한 몸이었지만 그 빠름이 전광석화처럼 눈을 어지럽혔다.

퍼퍼퍽! 파곽— 팡!

순간 여섯 번의 손놀림이 예인이와 마연의 사이에서 빠르게 일어났다.

마지막 주먹에는 큰 힘이 실린 듯 조용한 산에 큰 울림을 일으켰다.

그리고 두 사람이 교차하듯 위치를 바꾸었다.

주르륵!

다시금 눈 위에서 밀려나는 인물이 있었다.

하지만 이번에는 예인이보다 마연이 좀 더 뒤로 물러났다.

'이건 뭐지?

마연의 왼손등 위로 찌릿찌릿한 감각과 함께 작은 주먹 자국 하나가 도장이 찍힌 듯 선명하게 남아 있었다.

*　　　*　　　*

시간이 갈수록 전 세계에서 더 많은 사람들이 관광특구를 찾고 있었다.

마블관과 DC 코믹스관이 관광특구 내에 설치된 이후 미국과 일본의 관광객이 늘고 있었기 때문이다.

두 개의 히어로 어드벤처관은 영화 속 세트와 특수촬영 장면, 영화 속 주인공으로 분장한 스턴트맨들의 쇼와 만화 영화 속 각 주인공의 모습 등을 관람할 수 있는 일종의 놀이공원으로 만들었다.

더욱이 이곳 스튜디오에서는 앞으로 나올 배트맨 영화와 함께 DC 코믹스와 마블 속 슈퍼 히어로의 영화들이 촬영될 계획이다.

*   *   *

아시아 최대 닉스동물원도 사람들이 즐겨 찾는 장소였다.

남쪽보다 추운 북쪽이었지만 러시아에서 들어오는 천연가스와 관광특구 내 온천을 이용하여 아프리카와 남미의 밀림을 연상시키는 숲을 조성했다.

거대한 돔 형태의 아프리카관과 남미관은 실제 현지에서

자라는 식물들을 들여와 똑같은 자연환경을 만들어주었다.

추운 겨울에는 돔을 닫았지만, 여름에는 활짝 열리게끔 만들어졌다.

이로 인해 어느 때든지 다양한 동물들을 구경할 수 있는 생태형 동물원이 완성되었다.

신의주까지 연결된 동시베리아 파이프라인에서 값싼 천연가스가 공급되지 않았다면 아프리카와 남미의 밀림관은 개관할 수 없었을 것이다.

인도네시아의 오랑우탄도 현지와 똑같이 조성된 숲에서 자연스럽게 생활하는 모습을 볼 수 있었다.

이 때문에 관광객은 물론이고 여러 나라의 동식물 학자들도 닉스동물원을 찾아 동물들의 습성을 연구했다.

닉스동물원의 맹수 사파리는 110헥타르(332,750평)의 넓은 부지에서 백두산 호랑이를 비롯한 전 세계의 맹수들이 자유롭게 뛰어놀았다.

단순히 우리에 갇혀 사람들을 맞이하는 장소가 아니었다.

동물들이 살아가던 환경을 최대한 조성해서 만든 동물원이다. 이와 함께 세계 각지에서 들여온 식물들이 심어진 식물원이기도 했다.

단순히 관광객들을 끌어들이기 위해서 지어진 동물원이

아니었기에 수많은 사람들이 닉스동물원을 찾았다.

*   *   *

"올 때마다 동물원이 달라지는 것 같습니다."

대나무를 먹고 있는 판다를 바라보며 말했다.

닉스동물원의 판다는 김평일 북한 주석이 중국을 방문했을 때 장쩌민 국가주석이 우호 관계를 위해 북한에 암수 한 쌍을 기증한 것이다.

판다는 중국의 국보로 해외로 반출이 안 되는 동물이었고 사육 환경에 특히 신경을 써야 했다.

하지만 중국의 쓰촨성 판다연구소에서 닉스동물원을 방문하여 사육 환경을 조사한 후 놀라움을 표했다.

판다들이 머무는 장소를 중국 쓰촨성에서 살아가는 자연 속 판다들의 생활 환경과 동일하게 조성해 놓았기 때문이다.

이와 함께 중국의 멸종위기동물 중 하나인 레서판다도 닉스동물원에서 볼 수 있었다.

"회장님께서 많은 지원을 해주시는 덕분입니다."

신의주 특별행정구와 닉스홀딩스는 물론 룩오일NY에서도 닉스동물원을 지원했다.

닉스동물원은 1년간의 검사 기간을 거쳐 국내 최초로 미국동물원수족관협회(AZA)의 우수 동물원 인증을 받았다.

AZA 인증은 동물원의 종 보전과 연구 활동, 교육, 여가 기능 등 모든 분야에서 국제적인 수준의 엄격한 기준을 통과해야만 하는 최고의 동물원 인증이다.

아시아에서는 홍콩 오션파크에 이어 닉스동물원이 두 번째였다.

미국에서도 2,500여 개의 야생동물기관 중 AZA 인증을 획득한 곳은 5%에 불과했다.

"동물과 인간은 함께 공존해야 합니다. 인간의 욕심으로 인해서 파괴되어 가는 동물들의 서식지가 너무 많으니까요. 닉스동물원은 단순히 즐기고 보는 곳으로만 그치면 안 됩니다. 동물원을 찾는 사람들에게 환경과 동물의 소중함을 알려주어야만 합니다."

닉스동물원은 세계자연보호기금(WWF)과 함께 콩고민주공화국을 비롯하여 아프리카와 아시아 멸종동물 보존에도 힘을 쓰고 있었다.

"말씀하신 대로 어린이들을 대상으로 환경보존 교육과 체험학습을 늘리고 있습니다. 가족들이 함께하는 프로그램도 곧 추가할 예정입니다."

"잘하고 계십니다. 동물원의 수익도 중요하지만, 미래를 위한 교육도 중요하니까요."

"예, 명심하겠습니다. 이쪽으로 가시지요, 동물원에서 가장 인기 있는 맹수 사파리를 보실 수 있습니다."

33만 평이 넘어서는 넓은 공간에서 마음껏 뛰어노는 맹수들은 자신이 살던 고향처럼 동물원에서 안정적으로 살아가고 있었다.

맹수 사파리는 차로 이동하면서 동물을 관찰하거나 사파리 사이사이에 놓인 다리를 오가면서 구경할 수 있었다.

*　　　*　　　*

신의주 특별행정구 관광특구 내에 위치한 닉스카지노에는 게임을 즐기는 사람들로 넘쳐났다.

카지노 내에는 도박을 좋아하고 즐기는 습성의 중국인들이 가장 많았다.

한국인들도 카지노를 이용할 수 있었지만, 분기에 두 번만 출입할 수 있는 제한 조치로 인해서 중국인보다는 적었다.

중국인들은 거리도 가까웠고 한국인과 달리 출입에 대한 제한이 없었다.

다만 카지노에서 소란과 행패, 그리고 범죄 행위로 적발

되면 출입을 할 수 없었다.

카지노 개장 초장기와 달리 행패나 소란을 피우는 중국
인은 사라졌다.

중국의 범죄 조직이 카지노와 연계된 범죄를 저지르려고
했지만, 신의주 특별행정구의 단호한 조치로 범죄를 예방
했다.

카지노는 코사크와 함께 신의주 특별행정구 자치경찰이
철저하게 범죄를 예방하고 있었다.

범죄를 저지르면 신의주 특별행정구법에 따라서 북한 내
교도소에 수감되어 죗값을 치렀다.

중국의 교도소보다도 열악한 환경에 있는 북한의 교화소
였기 때문에 중국인 범죄자들은 차라리 자국 내로 소환되
길 원했다.

하지만 그들의 뜻대로 되지 않았고, 죗값을 다 치르더라
도 중국으로 가서 재판을 다시 받고 수용되었다.

이러한 점이 알려지자 신의주 특별행정구 내에서 발생하
는 외국인 범죄율은 급속히 줄어들었다.

신의주 특별행정구에서는 외국인이라고 해서 절대로 봐
주는 일이 없었다.

"작년 영업실적이 저희가 예상했던 것보다 28%나 더 많
았습니다. 순이익은 3억 4천만 달러를 기록해 이익률에서

도 예상치를 37% 넘어섰습니다. 올해는 작년보다 더 높은 성장률을 기록할 것 같습니다."

카지노 사업을 담당하는 닉스호텔 박승우 부대표의 말이었다. 그는 라스베이거스의 세계적인 카지노인 샌즈카지노에서 경험을 쌓은 인물이다.

카지노는 예상보다 빠르게 매출과 이익이 늘어나고 있었다.

"중국인들의 방문이 늘어난 것 때문입니까?"

"예, 동남아 화교들의 방문도 많이 늘었지만, 북경과 상하이에 거주하는 중국인들의 방문 또한 많아졌습니다. 씀씀이도 점점 커지는 추세입니다."

신의주 관광특구에 카지노를 설치한 것은 중국에 대한 전략적인 노림수였다.

세계의 공장으로서 경제적인 성장을 기록하고 있는 중국을 견제하는 방편이었다. 중국인들이 벌어들이는 돈을 다시금 카지노에서 빨아들이기 위해서였다.

한편으로는 카지노를 통해서 동북 3성의 발전을 저해하기 위한 것도 있었다.

"더 많은 중국인들이 카지노를 방문할 수 있게 그들이 좋아할 만한 것들을 연구하십시오. 닉스카지노의 영업 전략은 중국인들에 맞추어져야 합니다."

"예, 현재 카지노 내에 딜러들 모두가 중국어를 구사할 수 있도록 조치할 예정입니다. 우수 고객들에 대한 차별적인 서비스도 중국인이 좋아하는 것들로 맞추어져 있습니다."

박승우 부대표는 내가 원하는 바를 잘 이루어가고 있었다.

닉스카지노는 한국인이 목표가 아니었다.

목표는 중국인과 일본인이었지만 일본인은 생각처럼 카지노에서 큰돈을 쓰지 않았다.

하지만 중국인은 노름을 좋아하고 사회적으로도 관대한 분위기 때문에 큰돈을 쓰는 데 주저하지 않았다.

다롄과 단둥에서 큰 공장을 운영하는 중국인들 몇몇은 이미 그들이 가진 공장을 카지노에 헌납할 정도로 돈을 잃었다.

*　　　*　　　*

마연이 처음 보였던 자신감은 시간이 갈수록 떨어졌다.

단 한 번의 공격에 아름드리나무가 쓰러질 정도의 위력을 지닌 마연의 주먹을 가볍게 막아내는 두 소녀의 모습이 믿기지 않았다.

'도대체가 공격이 먹혀들지 않아…….'

부— 웅!

허공을 가르는 마연의 주먹이 공기가 찢어지는 듯한 소리를 내었지만 예인이는 아랑곳하지 않고 주먹을 향해 손을 뻗었다.

팡!

압축된 공기가 한꺼번에 터지는 듯한 소리와 함께 마연의 주먹이 공중으로 솟구치는 순간 가인이의 발이 마연의 옆구리를 향해 날아들었다.

텅!

강력한 발차기에 마치 쇠를 차는 듯한 소리가 났다.

철포공을 익힌 마연은 극성으로 기운을 올려 몸을 보호했다.

그렇지 않았다면 지금 마연은 차가운 눈밭에 쓰러져 있었을 것이다.

'큭!'

붕!

마연은 몸을 회전하며 가인이를 공격했다.

철포공으로 몸을 보호한다고는 하나 강한 기운이 실린 발차기에 받은 충격은 적지 않았다.

하지만 가인이는 다람쥐처럼 몸을 회전하며 마연의 공격

을 손쉽게 피했다.

*　　　*　　　*

"이런!"

마연이 가인이를 공격하는 순간 예인이가 가만있지 않았
다.

그녀는 팔을 비틀듯이 회전시키며 마연의 가슴을 향해
손을 뻗었다.

평범한 공격으로는 마연의 몸에 상처 하나 주지 못하기
때문이었다.

마연은 가인이가 움직인 쪽으로 몸을 피하면서 동시에
주먹을 내질렀다.

하지만 예인이의 손은 마치 살아 있는 뱀처럼 마연의 뻗
은 손을 감싸는 듯이 피하면서 그의 가슴으로 파고들었다.

'위험해!'

이번 공격이 뭔가 다르다는 것을 느꼈는지 마연은 왼손
을 들어 자신의 가슴 위로 가져갔다.

그 순간 맹렬한 기운이 다가왔다.

쾅!

예인이의 손이 마연의 몸에 적중되자 마치 달리던 자동

차의 타이어가 터져 나가는 듯한 소리가 산중에 메아리쳤다.

우당탕탕!

중심을 잃은 마연의 육중한 몸이 공깃돌 구르듯이 뒤로 나뒹굴었다.

쿵!

커다란 밤나무와 충돌한 후에야 마연의 몸이 멈추었다.

"큭! 정말 놀라워. 날 이렇게까지 몰아붙이다니 말이야."

마연은 아무렇지 않은 듯이 다시금 몸을 일으켰지만, 쇠처럼 단단하던 그의 왼팔이 부러진 듯 아래로 축 처져 있었다.

"놀라긴 아직 이르지. 나머지 팔도 이제 곧 쓰지 못하게 될 테니까."

예인이의 말에 마연은 자신의 왼팔을 바라보았다.

순간 멍해진 마연의 표정은 도저히 말이 안 된다는 모습이었다.

"크악! 널 반드시 죽여 버리겠어!"

부— 욱!

분노한 마연은 자신이 입고 있던 윗옷을 찢어버렸다. 그러자 흑표범처럼 검고 단단한 근육질의 몸이 드러났다.

그리고 마연의 몸은 하얀 눈을 검게 물들일 것처럼 더욱 더 검어지고 있었다.

"넌, 또 다른 나를 만나게 될 거야."

조용히 읊조리며 마연에게 걸어가는 예인이의 눈동자가 붉게 변해 있었다.

『변혁1990』 35권에 계속…